LETTRES

CRITIQUES.

LETTRES

CRITIQUES

LETTRES CRITIQUES,

Sur divers Ecrits de nos jours, contraires
à la Religion & aux Mœurs.

Par M. C***.

.... Neque te ut miretur turba, labores,
Contentus paucis lectoribus.......

Horat. Sat. X. Lib. I.

SECONDE PARTIE.

Juven. *Javeline*

LONDRES.

M. D. CC. LI.

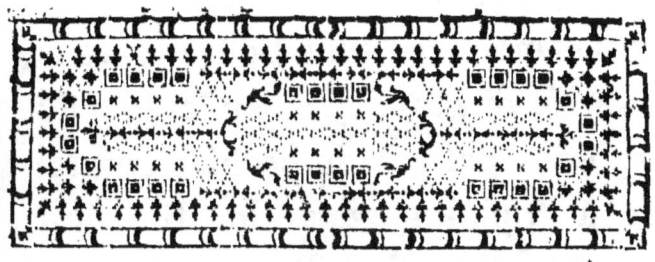

LETTRES
CRITIQUES.

SECONDE PARTIE.

LETTRE TREIZIÈME.

Où l'on prouve que le Suicide ne peut être imputé aux Moines. Que la vertu ne consiste point dans l'harmonie des passions, & que les peines éternelles sont justes & nécessaires.

ON CHER,

L'Auteur dont je vais te parler a

II. Partie.   A

affurément les plus belles idées de morale du monde; mais elles font démenties par une hypothéfe contraire à l'opinion générale. Il valloit autant laiffer le lecteur éloigné du Temple que de l'amener jufqu'à la porte , & le difpenfer enfuite d'y entrer. Il profeffe le défintéreffement , dit-il, & ménage les principes de Religion. Le ménagement eft plaifant ! Le Théifme eft , felon lui, le feul fyftême favorable à la Religion. Et qu'importe qu'il lui foit favorable ? Plus il eft compatible avec la vertu, plus il eft à craindre pour la révélation ; c'eft tout au plus la détruire honnêtement. Que diroit-il à un homme qui le feroit déloger poliment & avec douceur de chez lui pour s'y établir ? y laifferoit-il cet homme paifible , parce qu'il ne l'en auroit pas chaſſé le piſtolet ſous la gorge.

A l'entendre il eſt entré dans la pénible carriere d'un Philoſophe qui ne veut que maintenir dans la ſociété le bon ordre, & la vertu qui en eſt comme le ſupplément ; il falloit avoir le courage de la courir ſans rougir de paroître au moins ſuivre un ſyſtême approuvé du Gouvernement. Le plus grand & le plus beau de nos devoirs eſt d'oublier qu'on eſt homme d'eſprit, pour n'être que Citoyen.

Ses foudres tombent ſurtout ſur les Cloîtres. Il ne comprend pas qu'on puiſſe s'y enterrer vif pour vivre loin du commerce des hommes, & il refuſe la qualité de bon à tous les Moines. Cependant la ſociété y regagne d'un côté ce qu'elle

femble y perdre de l'autre. Ces maifons font le refuge d'un nombre de
perfonnes de l'un & de l'autre fexe,
qui lui feroient peut-être fort à charge fans ce fecours. Que de filles de
bonne famille n'auroient pas préféré
la mifere & la vertu, au libertinage
& aux commodités de la vie, fi elles n'y euffent trouvé le néceffaire.
Combien de familles diftinguées ne
pourroient foutenir l'éclat de leur
Nobleffe, fi les Cloîtres ne fe char-
geoient de la fubfiftance de quelques-uns de leurs enfans ? Il eft vrai
qu'ils y fouffrent quelquefois ; mais
cela étoit néceffaire au bonheur général ; il n'y a pas de vrai Citoyen
qui ne doive s'eftimer heureux de
le procurer à ce prix, les Payens
même ont pratiqué cette maxime.

On peut comparer la Religion en

ceci à un Jardinier habile, qui dé-
garnit adroitement un arbre des
branches fuperflues qui pourroient
confumer la féve deftinée à la nour-
riture des maîtres brins. Les Cou-
vents font à l'égard de ces enfans,
ce que les Maifons de force font à
l'égard des méchans. Ceux qu'on
y renferme ne font pas toujours à
leur aife ; mais le bien public le veut.

L'état monaftique eft donc avantageux aux hommes en général.
Le capuchon, le cordon de Saint
François leur fervent peut-être autant que le bonnet quarré d'un Con-
feiller, & le pupître d'un Philofophe.

» Le Monachifme eft un état de
» perfeftion, où tout homme doit
» afpirer ; mais fi tout le monde fe
» faifoit Moine, la fociété fubfifte-
» roit-elle long-tems ?

A iij

A peu-près comme si tout le monde se faisoit Peintre ou Négociant. La Providence a fixé l'étendue de tous les états ; elle sçait distribuer aux hommes des talens propres à les remplir tous. Que l'Anachorette poursuive ses Méditations, vive dans la retraite & le silence, comme s'il n'avoit ni parens, ni amis. Que tous vivions dans l'abondance, que nous obligions nos amis, nos parens, notre Patrie, en cela nous nous acquittons tous des devoirs de notre état ; & si notre conscience ne nous reproche point d'avoir été inutile à la société, le Moine n'en a pas plus à craindre que nous. A-t-on moins d'obligation à un homme qui, par un présent considérable, s'est mis hors d'état d'en faire un autre, qu'à celui qui partage ſes bienfaits en pluſieurs fois ?

On n'eſt pas mieux fondé à traiter de folies les auſtérités des Moines : ſans entrer dans les raiſons que la Religion a de les preſcrire, je ne vois que les Solitaires ſoient ſi coupables de Suicide. Les Simeons, les Antoines, les Pacômes, ont vécus auſſi long-tems d'herbes & de racines, ſous le cilice & les fouets, que nos plus délicats Epicuriens dans les plaiſirs & dans toutes les commodités de la vie. Ce n'eſt pas la délicateſſe des ragoûts qui prolonge les jours. L'expérience journaliere prouve le contraire, & je ſuis perſuadé qu'il meurt à la Trappe plus d'hommes à ſoixante ans, proportion gardée, qu'à Verſailles & à Paris, ſur tout dans les Grands.

La terre ne doit ſa fertilité qu'à

A iiij

une chaleur égale, qu'à des sucs modérés. Un feu excessif desséche & fait périr les plantes. Des sucs surabondans les gonflent & les pourrissent. Tel est l'effet de la bonne chére sur l'homme ; il ne doit prendre d'alimèns, dit Ciceron, que pour réparer ses forces & non pour les accabler.

La fougue des passions est fort rallentie chez les Moines. Les sens sont plus rassis, plus tranquilles, & par conséquent l'œconomie animale plus réglée. C'est donc à tort qu'on les compare à un enragé qui termineroit la querelle d'un coup de pistolet. Le crime est dans le Suicide ; mais cela ne prouve pas qu'un Moine le commette pour vivre sobrement, & privé d'une partie des commodités de la vie, dont bien

d'autres qu'eux se passent. Venons
aux Pensées Philosophiques. *

» Plus les passions ont de force &
» d'énergie, plus elles nous élevent
» aux grandes choses.... il ne faut
» que les supposer à l'unisson. Eta-
» blissez entre elles une juste harmo-
» nie, & n'en appréhendez rien.

Lorsque je me retire au-dedans de
moi-même, que j'observe la nature
de mes penchans, & le fil de mes
actions, je vois clairement que si
je ne suis déterminé au vice par un
motif plus puissant que celui qui
m'attache à la vertu, je ne puis devenir vicieux. Le plus tendre attachement pour mon ami ne me por-
tera jamais à rien faire contre la
probité & la justice, si j'aime l'une
& l'autre autant que lui-même. S'a-

* Pensée quatriéme.

git-il de piller, violer, être facri-
lége ? je ne tomberai dans aucun de
ces crimes, fi l'amour de mes intérêts ne l'emporte point fur l'amour
de mes femblables, & fur le refpect
dû aux chofes faintes.

Les paffions vicieufes ne font
donc autre chofe que des affections
de notre ame, qui la retiennent en
des bornes qui féparent le vice de
la vertu ; comme l'indifférence par
rapport à l'amour, & la lâcheté par
rapport à la valeur ; ou que l'excès
de la vertu directement oppofée ,
comme la témérité à la valeur, la
haine à l'amour, l'emportement à la
douceur ; c'eft-à-dire, un aiguillon
plus preffant qui nous fait faire ce
qui eft au-de-là de ce que la vertu
nous prefcrit , une fupériorité de
force & de puiffance qui nous prend

où elle nous a laissés pour nous en-
traîner beaucoup plus loin : *Virtus*
est medium vitiorum & utrinque re-
ductum, dit Horace.

On dit de Newton qu'il a pris la
Philosophie où Descartes l'avoit
conduite, & qu'il a fort enchéri sur
les découvertes de celui-ci ; mais
qu'on suppose avec moi que la Philosophie étoit dans le même état,
quand ces deux grands hommes ont
écrit, que Newton n'avoit jamais
entendu parler de Descartes, ni de
ses Ouvrages, & qu'il n'a atteint ce
degré de perfection que par la seule
force de son génie ; pourra-t-on faire un paralelle de Descartes avec
Newton aussi avantageux pour le
premier que pour son rival ? Pourra-t-on balancer également entre
eux l'admiration qu'on doit à l'un &

à l'autre ? Non, fans doute, à moins
qu'on ne compenfe les rêveries de
Defcartes, par les difficultés de la
matiere, & par les préjugés de l'ancienne Philofophie qu'il lui a fallu
comme défricher; mais je ne vois pas
que rien de femblable puiffe mettre
aucune égalité entre les paffions.
Comment donc prétend-on pouvoir
les accorder & les contrebalancer
les unes par les autres ?

D'ailleurs, tout ce que peuvent
faire deux poids égaux, c'eft d'empêcher la balance de tomber ni d'un
côté, ni de l'autre. Les paffions fup-
pofées égales n'auroient pas plus de
pouvoir fur l'homme ; elles multi-
plieroient fes irréfolutions, & rien
de plus. Si l'efpérance eft balancée
par la crainte, qu'arrivera-t-il ?
Qu'également incapable de lâcheté

& de bravoure, je ne ſerai ni veil-
lant ni poltron. La crainte répri-
mera tous les tranſports de l'eſpé-
rance, pendant que celle-ci dé-
truira les mouvemens de la crainte.
Ces deux paſſions me mettront dans
un équilibre que rien ne pourra
rompre, puiſqu'on en ſuppoſe les
cauſes égales. De pareilles paſſions
me donnent l'idée d'un inſenſé qui
partant toujours du même points,
courreroit alternativement & de toutes ſes forces, vers deux buts, &
qui prêt d'en toucher un, s'élance-
roit ſur l'autre, l'abandonneroit à
deux pas de lui pour revoler au
premier, qu'il n'approcheroit pas
de plus près. Ce n'eſt donc point
à cet uniſſon, à cette harmonie des
paſſions qu'il faut avoir recours pour
établir la vertu parmi les hommes ;

mais à la subordination qu'elles doivent avoir entre elles. Si les affections louables & utiles dominent sur les penchans vicieux, la bonté, la droiture, la générosité rentrent dans leurs droits, & tous dans l'ordre.

» Peut-il être réservé à quelqu'un »de pratiquer des actes de perfec-»tion ? *

Je ne crois pas qu'aucun homme sensé se soit jamais avisé de se plaindre de n'être pas Moliere, Corneille, Raphaël, César, ou Annibal. Les talens & l'autorité également départis à tous les hommes, leur deviendroient aussi funestes, que de rompre avec le genre humain pour faire les statues & les bêtes farouches, dans la vûe de se sanctifier. S'il paroît des grands Princes, des

* Pensée sixiéme.

génies supérieurs , tels que ceux
que nous venons de nommer , on
ne crie point à l'injustice , si on ne
leur ressemble pas. Il feroit beau
voir une Province entiere peuplée
de Rois également absolus , des
Royaumes où tous les particuliers
seroient Peintres , Poëtes ou Comé-
diens ; ne seroit-ce pas la même
chose que s'ils se retiroient sur des
colomnes ?

» La justice est entre l'excès de la
» clémence & de la cruauté , com-
» me les peines finies sont entre l'im-
» punité & les peines éternelles. *

Cette éternité de peines le cho-
que. Il conçoit bien que les bons
doivent être heureux éternellement ;
mais que les méchans seront toujours malheureux ; c'est autre chose.

* Pensée dixième.

D'où vient cette différence ? d'où ?
dira-t-il , de l'eſſence même de la
Divinité , qui ne doit mettre de borne qu'à ſa vengeance. C'eſt auſſi
dans cette eſſence que je prendrai
ma réponſe. Un Dieu doit connoître eſſentiellement ce qui eſt plus
propre à faire déteſter le crime ;
quel moyen plus ſûr que la durée
éternelle des peines qu'il mérite ?
Tout frémit à cette idée. L'Athée
tremble dans ſon opinion. L'Adul-
tére friſſonne au ſein des plaiſirs.
L'effroi s'empare des plus déterminés; chacun rentre dans ſon devoir
en pâliſſant. Qu'on ne m'objecte
point que cette ſoumiſſion ne vient
que de la frayeur dont ils ſont ſaiſis.
Quand on eſt contraint de paroître
vertueux , bientôt on cherche à ſe
faire un mérite de ſes efforts , & on
le

le devient en effet. Quel frein l'o-
pinion contraire met-elle aux emportemens de la débauche & du libertinage d'esprit?» Quand j'admet-
» trois, dira l'Athée, ce Dieu qu'on
» veut que je croie, il pardonne à la
» fin les plus grand crimes;le pis aller
» pour moi est donc d'être malheu-
» reux pour quelque tems. Ainsi le
genre des peines dont on le menace,
est un nouveau motif de s'affer-
mir dans son systême. Les assassins,
les brigands, les parricides feront
le même raisonnement, & la société
sera en but à toutes leurs fureurs.

Les Licurgues & les Solons ont
senti les conséquences de ce principe. C'est dans la vûe d'y remé-
dier qu'il ont mis toute la rigueur
imaginable dans les supplices pré-
parés aux méchans. Ils sçavoient,

II. Partie   B

fans doute, que plus ils font cruels ; plus on les appréhende ; & je fuis perfuadé que s'il étoit poffible de conferver les criminels vivans fur la roue feulement pendant fix mois, plus des deux tiers de ceux qui y font expirés, feroient morts pleins de probité & d'honneur.

» Lorfqu'on annonce au peuple » un dogme qui contredit laReligion » dominante, ou quelquefois con- » traire à la tranquillité publique , » juftifia-t-on fa miffion par des mi- » racles, le Gouvernement a droit » de févir, & le peuple de crier : » *Tolle , crucifige.*

L'Auteur des P. Ph. a fait un li- vre qui contredit la Religion domi- nante. Le Gouvernement l'a fait brûler. Qu'il fe dife le refte à lui- même. Verrai-je toujours l'homme

démentir ſes propres principes, &
dans le tems même qu'il ſemble vouloir en faire uſage ? J'en ſuis d'autant plus ſurpris à l'égard de celui-
ci, que ſon premier ouvrage eſt
plein de ſentimens d'honneur, de
vertu & d'humanité, qui marquent
un homme dévoué aux intérêts
communs du genre humain. Il y a
lieu de croire qu'il n'a attaqué la
Religion que pour donner carriere
à ſes talens, & profiter de quelques
raiſonnemens qui lui ont paru em-
barraſſans : car ſouvent nous ſoute-
nons un parti moins parce que nous
le ſçavons vrai, que parce que nous
avons des preuves qui détruiſent le
parti contraire. Cette idée ſe confir-
me encore par la variété de ſes ſentimens ; tantôt Théiſte, tantôt Scep-
tique, tantôt Athée ; on ne ſçait pas

B ij

bien pour qui il tient. Voici comme on raisonne sur ce passage du
moins au plus mauvais. » Cet Auteur, dit-on, semble s'être repenti
d'avoir été favorable au Théisme
dans son premier ouvrage. Il s'a-
muse dans le second à peser l'existence d'un Dieu quand ses argumens
l'ont démontrée ; il la nie absolu
ment dans le troisiéme ; il faut espé-
rer qu'il sera bon Chrétien dans le
quatriéme, s'il le fait jamais.

Il est encore, mon cher .... Auteur d'un livre dans un autre genre ; mais plus dangereux que
les deux dont je viens de parler.
On peut même dire qu'il va dans
ceux-là par une espéce de grada-
tion, jusqu'au dernier période de la
licence & de l'obscénité, qu'on trouve dans celui-ci. Il auroit, sans

doute, été fâché que la société n'eût pas toutes les fortes de reproches à lui faire. Là il féduit l'efprit par des principes téméraires. Ici il travaille à corrompre le cœur par les idées les plus deshonnêtes ; & il y réuffit d'autant mieux qu'on ne les perd jamais de vûe dans tout l'ouvrage ; il les enracine tellement dans le cœur par une contemplation continuelle, qu'il eft impoffible de réfifter à leurs impreffions. Il amufe par des traits ingénieux, & pique la curiofité par le plaifir d'une critique adroite ; enforte qu'il a profité du goût du fiécle pour arrêter d'avantage le Lecteur fur ces objets ; il eft vrai qu'il a ufé d'une réferve qui mérite quelque confidération. Les endroits qui lui ont paru trop licencieux à

lui-même, il a eu la précaution de
les écrire en langues étrangéres, afin
qu'on pût en faire des traductions vo-
lantes, & les femer dans la société.
c'eft-à-dire qu'il a eu peur qu'on ne
les paffât dans la lecture, & il a mis
dans la néceffité de defirer qu'on
les entendît. Quoi qu'il en foit ,
mon cher.... on ne peut nier que
fes bijoux ne difent quelquefois des
chofes fort fenfées ; mais elles font
enveloppées de tant d'expreffions ,
& d'images fales & ciniques, que l'u-
tilité n'entrera jamais en comparaifon avec le danger auquel s'expo-
feroit l'efprit le plus froid en les li-
fant.

Adieu, mon cher.....

LETTRE XIV.

Où l'on voit qu'on ne peut honorer la Divinité sans un culte extérieur. Friponnerie, crime impardonnable. Respect des enfans à l'égard des peres & meres, non suffisant.

MON CHER.....

Ne peut-on se faire un nom que par un Livre pernicieux ? L'envie de passer pour bel esprit doit-elle aveugler jusqu'à faire perdre le titre d'ami du genre humain ? L'Auteur, dont je vais te parler, l'a perdu sans doute. Les Amis prouvent leur attachement par de bons offices, & des conseils vertueux ; & je voudrois n'avoir à lui reprocher que l'inutilité des siens. Quelles raisons néanmoins l'ont porté à négliger ce beau

B iiij

nom ? Il n'a prefque rien dit qui lui
foit propre, & dont l'invention puiffe
faire honneur à fon efprit. Il n'a que
copié des réflexions faites avant
lui. N'a-t-on pas déja déclamé contre les auftérités des Moines qu'on
veut faire paffer pour un Suicide
réel ? * contre la cruauté de leur en-
gagement involontaire , contre l'é-
ternité des peines , le culte extérieur , contre les dommages que l'efpece fouffre, dit-on, de la continence
des Prêtres , & des *Dervis* de l'un
& de l'autre fexe. ** Il n'a que r'ha-
billé tous les raifonnemens qu'on
a faits là-deffus , d'une étoffe très-
légere , fans changer ni les circonftances , ni même les difpofitions
des preuves. Son Livre eft fait pour

* Eff. fur le M. & la V. & P. P.
** Lettres perf.

toutes les contrées du monde. Mais
dit-il, il y a des gens qui prétendent
qu'il a eu tort de se flatter d'applau-
dissemens si universels. Ces critiques
sont trop difficiles, je crois, faut-il
prendre les choses à la lettre ?

Il est assez surprenant qu'il ait
nié toute révélation de pleine autorité, sans se donner la peine de
prouver qu'elle est fausse, ou inutile. Les Déistes les plus obstinés
n'en ont pas jugé de même. Ils n'ont
épargné ni veilles ni sophismes pour
la détruire ; & ils n'y ont pas encore réussi. C'étoit, ce me semble,
par-là qu'il falloit commencer. Il
n'auroit pas élevé en l'air un bâti-
ment que les Egyptiens, avec toute
leur sagesse, n'ont pû y construire,
quoiqu'Esope leur eût dressé des
Ouvriers qui n'attendoient plus que
les matériaux,

Mais tant de gens ont raifonné
fur le Théifme, qu'il n'eft plus poffible d'en rien dire de nouveau. Il en
faut cependant. Comment fans cela
fe donner pour une imagination
brillante, pour un efprit pénétrant?
Depuis quelque tems on n'ofoit pro-
feffer le Déifme ouvertement. Cette
hypothêfe va à merveille avec le
deffein que notre Auteur avoit formé d'être Original. Quelle carriere
elle ouvre à un Philofophe! Pofer
fes principes fur quelques fondemens eût été d'un efprit didactique.
Tant d'ordre eût reffenti les argumens compaffés de l'Ecole. Ne doit-
on pas pardonner à l'Auteur des
M.... cette petite négligence en faveur de la nouveanté?

»Le culte extérieur, dit-il, réfide dans
» l'ame, & c'eft le feul qui honore

» Dieu. . . . . ces premiers Peres du
» genre humain, *qu'on appelle Pa-*
» *triarches*, n'avoient point de Tem-
» ples, point d'Oratoires, point
» d'heures fixées pour la Priere,
» point de Formules d'oraisons dref-
» fées, point de Rites, point de Cé-
» rémonies, point de profterne-
» mens, point de génuflexions. La
» premiere merveille opérée par le
» Tout-puiffant frappoit leur vûe;
» c'étoit-là pour eux le moment
» d'admirer fa grandeur. »

Eft-il poffible de concevoir cette
admiration, fans fuppofer de l'unanimité dans les exclamations & dans
les actions de graces de ces premiers Peres *qu'on appelle Patriar-*
ches : ces peuples d'amis, ces familles nombreufes & raffemblées
fous un même Chef, n'en faifoient-

elles pas la matiere de leurs entre-
tiens ? Les peres ne réveilloient-ils
pas l'attention de leurs enfans fur
ces nouvelles marques de la bonté
divine ? Et réunis fous la même
tente , ne s'y répandoient-ils pas en
commun en louanges & en prieres ?
C'eſt un devoir ſi indiſpenſable ; il
eſt ſi naturel , qu'un pere de famille entretienne ſes enfans des bienfaits d'un Patron à qui ils doivent
le repas qu'ils prennent, & que tous
d'une voix l'en remercient , par des
éloges & des proteſtations d'un attachement parfait, que les Légiſlateurs n'ont pas jugé néceſſaire d'établir des peines pour ceux qui y
manqueroient.

» Mais, dira-t-il, cela ne fait pas
» le culte extérieur. Il faut des Tem-
» ples, des Autels, des ſacrifices &
» des cérémonies.

Que fait-on dans un Temple ? On y prie, on y rend graces. Que faisoient les Patriarches sous leurs tentes ? Quoi ! parce que ces tentes ne s'appelloient point Temples ; parce qu'on adressoit ses vœux à Dieu sans encensoir & sans autels, les hommages qu'on lui rendoit ne s'appelleront point actions unanimes de graces ? Nos Magistrats ont-ils toujours administré la Justice sur la pourpre & les lis, & dans des endroits affectés ? Cependant, dira-t-on, qu'il n'y avoit point de Justice, parce qu'on la rendoit sans bonnet hupé, sans robbe à larges manches, & dans des lieux qu'on ne nommoit point Parlemens, Présidiaux, Bailliages & Prevôtés ? L'ordre & la perfection sont difficiles à atteindre. Ce n'est que par une longue suite d'an-

nées, & par des recherches conti-
nuelles qu'on y parvient.

Ajoutons que l'expreſſion exté-
rieure des ſentimens eſt au cœur
ce que la parole eſt à la penſée.
Il eſt auſſi impoſſible de ne rendre
à la Divinité qu'un culte intérieur,
qu'à un homme bien organiſé de
penſer toute ſa vie ſans produire
aucune de ſes penſées au-dehors.

Enfin tout le monde convient de la
vérité de ce principe : que les hommes s'acquittent mal des devoirs que
les loix ne leur preſcrivent point.
On n'a point fait une obligation
expreſſe de la généroſité & de la ſen-
ſibilité aux malheurs d'autrui. Ces
vertus ſont preſque inconnues dans
la ſociété. Et parce que le riche
n'eſt point forcé de partager ſon
bien avec l'indigent : ce dernier

pèrit de difette, tandis que l'autre regorge de commodités fuperflues. L'homme eft un efclave qui ne fert plus dès qu'on lui ôte fes chaînes. Le difpenfer de porter fes homma-ges à Dieu à des tems marqués, c'eft lui donner un prétexte de diffé-rer fon offrande & l'habituer peu à peu à n'y plus penfer du tout.

S'il faut que quelque merveille foit opérée à fes yeux, pour le faire reffouvenir de fon devoir, il y a long-tems que les phénoménes de la nature ne nous paroiffent plus merveilleux. Il peut fe paffer plu-fieurs années avant que nous y trouvions rien d'extraordinaire, & plufieurs années par conféquent pen-dant lefquelles on ne rendra point d'hommages à la Divinité.

Tous nos *faifeurs* de fyftême ne

peuvent s'empêcher de prêter des
armes contr'eux. Et comme fi leurs
cœurs cherchoient à fortir de la con-
trainte où l'efprit les retient ; ils
dictent de tems en tems, dans des
momens de diftraction , des raifonnemens tout à fait contradictoires,
» La déférence au culte établi eft
» un des premiers devoirs de l'hom-
» me à l'égard de fes femblables. »
Voilà une de ces échapées , qu'on
me pardonne ce terme , d'un cœur
qui fe laffe du joug. L'Auteur des
M. . . eft né dans le Chriftianifme ;
il ne pardonne pas à un Turc de
fe faire Chrétien ; lui pardonnera-
t-on de devenir Déifte , & de porter fes Concitoyens à abandonner
leur Religion ?

» De fortes paffions nous cachent à
» la vérité quelques inftants ces caractéres

» ractéres de vertu , mais elles ne
» les effacent jamais , parce qu'ils
» font inéfaçables. »

Peut-on avancer de pareilles fen-
tences au hafard ? N'y a-t-il pas des
Nations entieres qui n'en ont pas
confervé les moindres traces ? L'humanité eft , je crois , un caractére
de vertu ; cependant elle eft entiérement inconnue à ces barbares qui
égorgent leurs femblables , & fe re-
paiffent de leur chair par principe
de Religion & d'obéiffance : tout le
genre humain deviendra bientôt
auffi dénaturé , fi les loix pofitives
ne lui infpirent du refpect pour la
loi naturelle.

» Le Fondateur du Chriftianifme
» avoit dit à fes Difciples , que
» celui-là aime Dieu , qui fait ce que
» Dieu lui ordonne. Ils ont cru que

II. Partie.   C

» ce feroit l'aimer encore davan-
» tage, que de faire plus qu'il ne
» commande. »

Cette conduite n'eft pas fi extra-
vagante qu'on veut le faire croire.
Tout le monde convient que celui
qui ne fait que ce que la loi ordonne, ne mérite que fon falaire. Un
Soldat qui ne monte à l'affaut qu'à
fon tour, n'a que la folde ordinaire.
Mais s'il demande avec chaleur d'y
aller le premier, il a droit aux faveurs du Général. Bornez les efforts que des génies fupérieurs font
pour enrichir les Sciences de nouvelles découvertes, de combien de
belles connoiffances ne priverez-
vous pas les fiécles futurs ? Il arrive
exactement la même chofe en morale. Retenez les effets de l'humanité,
de la reconnoiffance, de la générofi-

té , que deviendra la fociété ? Si
j'affure à ce fils dans l'opulen..., que
du refpect & de légers fecours l'acquittent envers fon pere qui manque
de tout ; cet infortuné languira toujours. L'oubli total de la vertu n'eft
pas loin des limites qu'on lui prefcrit.
L'ame renfermée dans les bornes d'un
devoir qu'elle n'ofe outrepaffer, fe
retrécit, pour ainfi dire , & réprime
fes plus beaux tranfports. Elle tombe dans une langueur qui tient de
l'indifférence, & qui l'entraîne enfin
à négliger fon devoir même. Les
Chrétiens , pour prévenir ce malheur , ont donné un nouveau degré
de force à leur ferveur, en s'affu-
jettiffant à des loix volontaires qui
les tiennent comme en haleine. Pour
préférer les plaifirs de l'efprit aux
folles délices des fens , ils fe font

confacrés entiérement à la continence. Leur conduite n'eſt pas plus
blâmable qu'un mari tel qu'on en
voit peu , qui pouvant prouver ſa
tendreſſe à ſon épouſe par des ſoins
ordinaires , iroit juſqu'à lui ſacri-
fier tous ſes plaiſirs.

» Un Citoyen trouble la police
» de l'Etat, empêchez-le, vous pou-
» vez le faire ſans l'attacher à un
» gibet. . . . Mais il a plû aux hom-
» mes de faire de la friponnerie ,
» le plus honteux de tous les crimes,
» & le plus impardonnable. »

C'eſt par la terreur des ſupplices
qu'on effraie les méchans. L'Eſtra-
pade a retenu plus d'un Soldat ſous
ſon drapeau. Si la cruauté des tor-
tures eſt un moyen foible encore
d'extirper le crime , que ſeroit-ce ſi
les ſcélérats en étoient quittes pour

la prifon, des chaînes, ou le ban-
niſſement ?

Que veut-on dire par ces termes,
il a plû ? Rien ne reſſemble mieux
à un reproche. La friponnerie
ſembleroit - elle utile à la ſociété ?
La propriété eſt auſſi ancienne que
le monde : on ne peut avoir des
deſſeins ſur les biens des autres,
ſans les mettre perpétuellement ſur
la défenſive pour ſe les conſerver ;
& dès lors plus de ſûreté parmi les
hommes.

Il dit encore que c'eſt aſſez d'honorer les parens : il diſpenſe de les
aimer quand ils n'ont pas rempli
tous leurs devoirs envers nous ;
comme ſi ce qu'ils auroient dû faire
engageoit à perdre le ſouvenir de
ce qu'ils ont fait. Un Ami dans une
néceſſité preſſante m'a prêté deux

cens louis, avec lesquels je n'ai pû
que prendre des mesures pour ar-
ranger mes affaires, au lieu que je
ferois forti tout à fait d'embarras,
fi cet Ami m'en eût prêté quatre
cens : ne lui dois-je que fon argent ?

Pour donner plus de poids à fa
maxime, il s'efforce de démontrer
que l'exiftence même que nos peres
nous ont donnée, ne nous oblige à
rien envers eux, parce qu'elle n'eft
que le fruit de leur plaifir, & qu'ils
n'auroient peut-être pas penfé à
nous la procurer, s'ils n'euffent en
même tems fatisfait leur paffion.
J'avoue qu'il ne femble faire ces
réflexions que pour porter l'homme à rendre à Dieu l'hommage d'un
amour plus parfait. Mais les étroi-
tes obligations que nous avons à
l'Etre fuprême, rompent-elles le lien

qui nous attache à nos parens, comme aux agens de notre bonheur ? Seroit-ce affez d'honorer un homme qui, dans un fervice rendu, n'auroit d'autre mérite que d'avoir été l'inftrument, mais l'inftrument néceffaire du bienfaiteur. La reconnoiffance que ce dernier mériteroit difpenferoit-elle de ce qu'on doit à la médiation de l'autre, ou ne lui auroit-on aucune obligation, parce qu'il auroit eu des intérêts particuliers de nous fervir ? Sont-ce les motifs qui donnent le prix aux fecours, ou la néceffité où l'on en eft ? La fatisfaction que goûte un cœur généreux en obligeant, eft du moins auffi fenfible que les careffes de deux époux. L'Auteur ne regarderoit-il pas lui-même comme un ingrat méprifable, quiconque fe diroit quitte envers

lui, parce qu'il auroit eu du plaifir
à lui rendre fervice ? Ne voit-on
pas au contraire que la façon aifée,
qui eft l'expreffion du plaifir de l'a-
me, rend le fervice plus cher ? Eft-il
poffible même d'honorer quelqu'un
à qui on fçait n'avoir point d'obligation, à qui on a droit de faire
des reproches ? Si on le refpecte,
ce fera tout au plus comme les autres hommes. Eft-ce là le refpect
qu'il prefcrit pour les parens ? Avoir
de l'amour pour quelqu'un à qui on
ne doit que de la confidération,
eft-il un crime en morale ? Quant à
moi, mon cher. . . . . je crois qu'il
vaudroit mieux être coupable ainfi,
que de n'avoir ni refpect ni amour ;
& il paroît que c'eft ce que l'Auteur des M. . . . demande.

Adieu, cher. . . . .

LETTRE XV.

Etat de l'ignorant ; bonheur de l'homme d'esprit ; que le sçavoir prouve du vice & de la corruption dans un Etat.

Idée qu'on a aujourd'hui d'un bel esprit.

MON CHER......

Le goût est une de ces choses plus faciles à être senties qu'à être démontrées. Vouloir le définir, c'est embrouiller davantage les idées de ceux qui n'ont pas cette perfection d'organes, cette finesse de discernement, ce sentiment exquis du vrai beau, dans lesquels on peut dire qu'il consiste. Qu'elles sont à plaindre ces créatures disgraciées

de la nature ! Baltor ne conçoit pas
quel plaifir il y a à voir une peinture régulière, un morceau d'archi-
tecture correct. Il regarde comme
une pettiteffe ces larmes voluptueu-
fes que répand l'homme d'efprit &
de goût, & ces friffons dans lef-
quels le plaifir femble lui couler de
veine en veine au bruit d'une fim-
phonie bien ordonnée. Il bâille aux
plus beaux endroits de Rodogune
& du Mifantrope. Il demande ce que
l'on trouve de fi plaifant dans ce
Sofie & fa lanterne. Scapin & fon
fac l'amufent quelquefois. Il s'en-
nuit dans tous les cercles où l'on
n'étale pas des monceaux d'or fur
un tapis. Ces converfations délica-
tes où l'on parle moins pour briller
que pour plaire, où on ne fe difpute
que les moyens d'y réuffir ; où en-

fin l'on ne raifonne que pour dé-
velopper le fentiment, l'excédent
& l'endorment. Infenfible aux pro-
cédés, fon ame gliffe fur les atten-
tions & le zéle empreffé d'un Ami.
La douceur de prévenir ou d'être
prévenu lui eft inconnue. Mais Baltor a un brillant équipage, un do-
meftique nombreux, des tréfors,
une bonne table, & ne croit pas
qu'il y ait d'autres plaifirs au monde.
Que les Baltors feroient malheureux s'il n'y avoit pas des richeffes
fur la terre ! Qu'un homme d'efprit
au contraire y pafferoit d'heureux
jours ! Tout l'univers concourt à fes
plaifirs. Ce n'eft point une campagne
couverte d'arbres ou de prés fimplement qu'il voit, comme ces ames
groffiéres, mais un féjour délicieux
où les arbres le couvrent de leurs

branches contre les ardeurs du Soleil ; il les compare à la vertu qui étend ses aîles sur les malheureux & adoucit leurs peines. L'herbe forme un gazon dont la verdure & la variété des fleurs lui rappelle l'idée de cette satisfaction pure & renouvellée selon les occasions, que procurent la justice & une jouissance modérée. Il trouve dans ce ruisseau l'image du tems & du bonheur. Le murmure flateur de ses eaux lui peint l'attrait séduisant des vices qui semblent endormir la raison, pour s'insinuer dans les cœurs. La pureté de ces mêmes eaux qu'on voit sans en être touché, lui représente l'innocence des mœurs, dont on ne fait plus guéres de cas; & leur cours rapide, le peu de tems qu'elles ont régné parmi les hommes. Cette source s'enfle-t-elle par la chûte des orages ? devient-elle un torrent qui inonde les campagnes , déracine les plantes & les arbres ? cela le fait penser à ces jouets de la fortune que le Vulgaire appelle grands, mais qu'elle n'éleve si promptement au haut de sa roue que pour donner un plus cruel exemple de son inconstance. Tout sert de matiere à ses réflexions ; & quel plus doux plaisir que celui de penser & de réflechir ! Est-il à la Cour, à la Ville, il jouit des chefs-d'œuvres de l'art ; c'est pour lui que tant d'habiles mains ont combattu d'adresse. C'est pour lui que ces Jardins , ces Statues , ces Portiques , ces Temples sont faits. C'est pour lui qu'on étale la pompe des Spectacles. Quels charmes ne trouve-t-il point dans

les Ouvrages d'efprit ! Quel plaifir
pour lui de parcourir ces tems où les
Sciences ont paru dans tout leur
éclat ! Mais qu'ai-je dit. . . . . réflexion affligeante ! Quoi ! le goût
& l'efprit n'annonceroient que du
vice & de la corruption ! En feroit-il d'eux comme de la bravoure &
de l'héroïfme ? Les grands génies
naîteroient-ils dans la dépravation
des mœurs, comme les Héros dans
les divifions, le carnage & les guerres ? Plus j'y réflechis, cher. . . . . . .
plus cette vérité me femble conftan-
te. Quelles lachetés! quelle avarice!
quels débordemens vit-on à Athenes
du tems de Philippe & d'Alexan-
dre ; à Rome, de celui d'Augufte ; à
Florence, dans le fiécle des Médicis ;
en France, fous Louis XIV ? Fut-il
jamais Régnes plus renommés par

les belles productions en tout genre!
en fut-il auſſi de plus corrompus !

L'eſprit humain va de connoiſſance
en connoiſſance juſqu'à un certain
degré de lumieres ; mais arrivé aux
bornes que l'Etre ſuprême lui a pref-
crites , il ne peut plus que s'égarer.
Les découvertes qu'il a faites , lui
donnant la confiance qu'il les pouſſe-
ra plus loin , il redouble des efforts
qui n'ont pas d'autre fruit que l'aveuglement & l'inconſéquence. Les ſié-
cles ſçavans ſont donc pour les gens
de Lettres un tems de diſette & de ſté-
rilité. Tout ce qui eſt honnête & loua-
ble eſt épuiſé. Il y a ſur tous les grands
ſujets des Ouvrages qu'on ne peut
égaler. Quel parti prendre alors? Se
taire! Imiter la prudence de ces Princes , qui contens de la juſte étenduë
de leur empire , bornent leurs vœux

& leurs foins à y entretenir la paix
& l'abondance ; ce feroit le mieux
fans doute : mais garder le filence
dans un fiécle où bien écrire eft un
talent commun à toute la Nation ;
s'en tenir à une admiration oifive
d'autrui , quand on fe croit en état
de mériter foi-même d'être admiré,
cela n'eft pas aifé. On travaille , on
écrit donc. Les fentiers de la débauche étant prefque les feuls où les premiers Auteurs , auffi grands par leur
vertu que par leur fçavoir , ne foient
point entrés , on en fait la matiere
de fes Ouvrages. On fe confole avec
les fuffrages des vicieux de l'impoffi-
bilité d'avoir ceux des honnêtes
gens. Ne pouvant être Platon , on
eft Séfoftrate. De-là les impiétés ,
les fyftêmes contraires à toute faine
morale ; de-là ces rafinemens, ces
singularités

singularités aufquels on a recours
pour fe faire lire. De-là auffi l'avi-
liffement & le mépris où tombent
les meilleurs Auteurs dans l'efprit
du fage. En effet comment en font-ils
regardés ! Tu le vas voir , cher.....
dans une avanture que je vais te ra-
conter. O. . . . un de ces beaux efprits, avoit été introduit chez D....
par un Ami commun, qui croyoit
lui avoir fait un grand préfent. A
la premiere & à la feconde vifite
on fouffrit patiemment l'éffronterie
& les dangereux principes d'O. . . .
Il fe préfenta une troifiéme ; D.....
qui étoit à table avec cet Ami , fit
dire qu'il dînoit en Ville ; fon Ami fut
furpris de cet ordre , fe mit fur les
talens d'O..... & le vanta beaucoup.
Quand il eut affez parlé , D..... l'in-
terrompit. »J'en conviens, dit-il, O....

II. Partie. D

» a un efprit fupérieur; mais il eft en-
» vieux, vain & impie plus qu'homme
» du monde. Je ne puis mieux le
» comparer qu'à ces animaux qui
» tuent l'homme par leurs morfures,
» mais dont la chair rend un fuc utile
» dans certaines maladies, quand
» on a eu la précaution d'en fépa-
» rer tout le venimeux. O... après
» fa mort pourra fervir de modéle
» aux Ecrivains des fiécles futurs,
» pouvû qu'on épure fes Ouvrages.
» Mais les qualités de l'efprit n'excu-
» fent pas la méchanceté du cœur.
» O... n'a pas la moindre idée de Reli-
» gion. Il fait un perfiflage continuel
» de la vertu. Ses mœurs font décriées.
» Il n'a fur les lévres que les mots de
» *préjugés*, *de fermeté d'efprit*, & au-
» tres femblables, qu'il applique aux
» ufages les plus approuvés. Et vous

» voulez que je l'admette à ma table ! Je
» ris de la manie qui fait qu'on court
» ces sortes de gens. Nous nous
» faisons un scrupule de fréquenter
» de bons Citoyens qui ne sont au-
» dessous de nous que par la naissan-
» ce, & nous tenons à honneur le
» commerce d'un tas de misérables,
» qui ne doivent la plus grande par-
» tie de leur réputation qu'à leurs dé-
» réglemens ; la belle préférence ! !
» J'avois, dit-on, hier à table tel &
» tel ; nous nous sommes divertis,
» on ne peut pas mieux. Et s'il arrive
» que quelqu'un paroisse ne pas con-
» noître ces Messieurs, c'est l'Auteur
» du C. du S. des M. &c. & tout cela
» se dit, en se rengorgeant comme
» un Bourgeois qui se vanteroit d'a-
» voir traité un Marquis. Ne di-
» roit-on pas qu'on ne puisse jamais

» s'amuſer ſans un bel eſprit de pro-
» feſſion ? Quelle ſottiſe ! En un mot,
» j'eſtime les talens; je fais accueil aux
» gens de Lettres, mais c'eſt quand je
» n'aurois pas à rougir de les voir, s'ils
» étoient ignorans. » Cela devroit
être, cher..... mais on n'y prend pas
garde de ſi près ; ſans doute , parce
qu'il faudroit attendre trop long-
tems pour rencontrer de tels perſon-
nages.

Quelle triſte conſéquence à tirer
de tout ceci ! Tu la comprens, je
penſe ; & c'eſt aſſez de te dire avec
douleur, que les hommes ne furent
jamais ſi juſtes que quand ils furent
moins. Ne montre cette Lettre à
perſonne, cher.... on crieroit au
Miſantrope, & on ne manqueroit pas
de mettre en apoſtille , *Diſcours
Monacal.* Adieu.

LETTRE XVI.

Les femmes de nos jours font vengées du reproche de frivolité & d'ignorance. Différence des nouveaux caractéres & de ceux de la Bruyere. Que les impreffions de la jeuneffe ne s'effacent rien moins qu'aifément. Il eft faux de dire que la Religion nuife à l'efprit. Refpect dû aux Magiftrats. Que les promeffes doivent être inviolables.

MON CHER.... ?

La médifance eft bien cruelle & bien injufte ! J'entens répéter fans ceffe que les femmes font incapables d'aucune occupation férieufe ; qu'elles n'ont de goût que pour les ajuftemens & les bagatelles. Celles du fiécle paffé, dit-on, fçavoient, ou s'inftrui-

D iij

foient. Solides & laborieufes , il y
avoit du profit à tirer de leurs amu-
femens mêmes. Aujourd'hui il n'y
a que du dépit & de l'ennui ; & ce
qui me donne de l'humeur, c'eft qu'à
force de recommencer ces difcours
on parvient à les faire croire. Quelle
injuftice ! Les femmes de nos jours ne
fe font-elles pas imprimer auffi? Tous
les murs font couverts de leurs affi-
ches. Elles font des Poëmes épiques,
des *Amazones , des Confeils , des Caractéres.* Notre fiécle même n'a-t-il
pas cet avantage fur le paffé , que
les femmes y décident de la Religion, & font très-éloignées de faire
des Capucinades ?

J'allai ces jours derniers chez un
de mes amis, il tenoit un livre relié d'une main , & une brochure de
l'autre. Je lui demandai ce que c'é-

toit que cette brochure, il me dit :
ce font des *Caractéres*. Dé la
Bruyere, repris-je ? Les voici, ré-
pondit-il, en me montrant le livre
relié. De qui font donc les autres,
répliquai-je ? Ils font . . . . mais cela
n'eft pas aifé à décider; ce que je
puis vous affurer c'eft que Madame
de P. y a mis fon nom. Pourquoi héfiter, repris-je, de dire qu'ils font
d'elle ? Parce qu'on dira toute la vie,
interrompit-il, les Caractéres de la
Bruyere, & jamais les Caractéres de
Madame de P. Expliquez-vous, lui
dis-je alors. Avez-vous vû quelquefois, ajouta-t-il, travailler des tail-
leurs ? L'un fait un pan d'habit,
l'autre en fait un autre. Celui-ci
prend la culotte, celui-là la vefte.
Mais, que dis-je ! mauvaife comparaifon ; le Maître feul a au moins

coupé tout cela : & Madame de P.
n'a pas toujours penfé , ni fon Se-
crétaire toujours écrit. Mais tenez
voilà l'ouvrage. Lifez , vous m'en-
tendrez fans peine après. Quant à
moi ce que j'y trouve de mieux ,
c'eft qu'il y aura peu de perfonnes
qui le liront , à qui il ne faffe naître
l'envie de revoir la Bruyere; & c'eft
beaucoup. Cette Critique me parut
piquante. Je mis l'ouvrage dans ma
poche , & nous parlâmes d'autres
chofes. J'en viens d'achever la
lecture ; & ne pouvant t'envoyer
l'ouvrage , je t'écris en gros quelques
réflexions qui t'en donneront une
idée fuffifante.

L'Ouvrage de cette Dame , (elle
le paye affez pour qu'il foit à elle)
eft un amas de réflexions dont les
unes font rebattues & ufées , les

autres fines & déliées ; mais inutiles, ou au moins indifférentes, &
les autres enfin, font neuves ; mais
dangereufes & contraires à la bonne
morale. On a dit quelque part,
qu'il y a plus à gagner dans quatre
pages de la Bruyere, que dans deux
volumes de Pourchot. On peut en
dire autant contre les Caractéres de
Madame de P. à cela près, le ftile
eft clair, les expreffions choifies &
naturelles, fi ce n'eft quelques-unes
telles que *continuer une conduite*,
fatisfaire à des emplois, *des amans*
qui veulent durer, *tenir à fes fer-*
mens ; mais cela échappe, quelqu'-
attention qu'on y donne. Quant aux
contradictions, aux redites, & aux
inconféquences, je n'en parle pas.
Madame de P. s'en explique affez
clairement. Elle dit que M. D. la me-

nace de lui retirer ſes conſeils ; qu'il
a tort, puiſqu'elle eſt toujours prête
à l'écouter, pourvû qu'elle n'efface
point. Elle devoit ne pas accepter ſa
plume plus que ſes conſeils; il eſt vrai
que ce n'eſt pas ſa faute ſi l'on n'y eſt
pas trompé, car elle a répandu par
tout où elle a pû, ce ton déciſif, ces
je le veux, cela eſt, & *cela ſera* ;
en un mot, toute cette aimable ex-
travagance, qui caractériſe une
femme enjouée & ſpirituelle ; mais
ce ſont des pompons & des aſſaſſines
placés de la main d'un Hercule.

On lui reproche d'avoir pris,
dans le commencement de ſon ouvrage, l'éducation d'un enfant pour
motif de ſes maximes, & d'avoir
oublié dans la ſuite le fils & le pere,
à qui elle avoit préféré d'adreſſer
la parole. Si c'étoit pour donner un

air de vraifemblance , que ne le confervoit-on jufqu'à la fin ? Vous verrez que ce n'eft pour rien de tout cela ; mais feulement parce qu'on *l'a voulu.*

Venons aux principes.

» Paffé douze ans , les jeunes » gens prennent dans les Colléges » des principes dont il ne leur refte » pas le moindre veftige à dix-huit » ans. A vingt-cinq ans tout eft » effacé.

Des perfonnes dont l'expérience n'eft pas fufpecte , penfent qu'il n'y a rien de fi difficile à oublier que les principes que nous avons reçus dans l'enfance , & difent que fouvent la vie la plus longue n'y fuffit pas. Madame de P. au contraire foutient que cela eft très-facile , & que c'eft tout au plus l'affaire de quelques

années. Lequel croire ? on cite
l'expérience des deux côtés. Con-
fulterons-nous la Phyfique ? elle ne parle que de traces, que de
fibres, que d'efprits animaux. La
mémoire, nous dit-elle, confifte
dans les traces que les objets exté-
rieurs creufent fur les fibres du cerveau, au moyen des efprits animaux qui y coulent. Ces traces,
ajoute-t-elle, font plus ou moins
profondes, plus ou moins folides,
felon que les efprits y ont paffé
& repaffé plus ou moins de fois,
& que les fibres font plus ou moins
dures. Elle comparera, fi vous voulez, ces fibres à un chemin où la
marque des pieds eft fuperficielle ou
profonde, forte ou fragile, à proportion que la terre en eft molle ou
ferme ; mais tout cela fent l'école &

les bancs ; c'eft du jargon tout pur.
Qui nous jugera donc? Recufera-t-on
auffi ceux qui ayant intérêt que ces
impreffions ne foient qu'imaginaires,
les regardent néanmoins comme très-
réelles ? Que me répond un Pirro-
nien à qui je dis, je penfe, parce que
le doute que je pourrois en avoir feroit lui-même une penfée, & que
rien ne peut effacer de mon efprit
l'idée de la Divinité ? Ne fe fauve-
t-il pas de cette objection, en foute-
nant que tout cela n'eft que l'effet
des préjugés de l'éducation & des
impreffions qu'ont fait fur nous les
difcours dont on a bercé notre enfance ? Ne feroit-il pas plus court de
nier, comme Madame de P. l'em-
preinte de ces difcours, que d'y répondre par de mauvaifes raifons ?
Mais je l'entends ; elle avoit à prou-

ver que l'on perd son tems au Collè-
ge quand on est destiné à des emplois
où on s'avance moins par le mérite
que par les années : & cela est dé-
montré quand on a dit que l'on ou-
blie les principes de Religion qu'on
y a pris, aussitôt qu'on a perdu ces
maisons de vûes. Peres, meres,
maîtres, ne les enseignez donc plus,
ces principes, vous vous époûmon-
nez en pure perte. On trouve assez
de jeunes gens qui négligent la Religion à dix-huit ans, pour se livrer
tous entiers aux plaisirs ; mais Madame de P. en connoît qui dès cet
âge-là n'y pensoient pas plus que
s'ils n'en avoient jamais entendu parler. Il n'y a rien à dire à cela.

» Si, dit-elle plus bas, l'on con-
» serve par hazard ces principes,
» tant mieux pour son salut, tant

» pis pour fon avancement & pour
» fon efprit. On ne fait fon chemin
» dans le monde que par des voies
» que la Religion ne permet guéres
» de fuivre ; cependant il faut faire
» fon chemin.

Ce falut là eft bien peu de chofe ;
puifqu'il ne mérite pas la préférence
fur l'avancement , qui ne contribue
à notre bonheur qu'autant qu'il nous
fournit les moyens de fecourir les
malheureux ; mais la Religion inf-
pire des mœurs , de la probité , de
l'honneur , du défintéreffement , &
il faut , pour faire fortune , être
fourbe , trompeur , libertin , avide
du bien d'autrui , fauffaire , injufte.
On doit fçavoir gré à Madame de P.
d'en avoir averti. Il y auroit peut-
être encore en quelqu'un affez fot
pour efpérer de parvenir par le mé-

rite & par la vertu. Ce n'eſt pas tout:
cette Religion ne nuit pas moins à
l'eſprit qu'à la fortune. Si cette opinion eſt fauſſe, elle n'eſt pas nouvelle.
C'eſt dommage que tous ſes partiſans
ſoient ſuſpeἑts, & qu'il n'y ait que
des hommes qu'on ne ſoupçonne
point de bigotiſme, qui ſe plaignent
que la Religion éteint le feu du génie, & met l'eſprit comme dans des
entraves. Je n'ai jamais vû perſonne, qui eût de la Religion, tenir ce
langage, & cependant plus des trois
quarts des grandsEcrivains ont eu de
la Religion. Les mécontens ont - ils
quelqu'un à oppoſer aux Baſiles ;
aux Cypriens, aux Auguſtins, aux
Bourdaloues, aux Boſſuets, aux
Paſcals, aux Flechiers, aux la
Bruyeres, aux Corneilles, aux Racines ? Non, diront-ils ; mais ces
grands

grands hommes l'auroient été plus
encore s'ils avoient pû s'abandonner à leur génie. Mais vous, Mef-
fieurs, leur répondrai-je, qui prenez
cette liberté, vous les furpafferez
donc ? pourquoi aucun de vous ne
les égale-t-il pas au contraire ? L'efprit s'éleve à proportion que les fu-
jets qu'il traite, le font. Qu'on m'en
donne qui foient au-deffus de la vertu & de la Divinité !

Je ne te parlerai point, cher . . . .
de l'ombre qui effraye le méchant, &
de l'ombre qui encourage l'homme ver-
tueux au moment de la mort, *& qui*
les féduifent tous deux; ni de l'inutilité
de changer pour un inftant, fi les
hommes ni Dieu n'en peuvent fçavoir
gré ; ni même de la néceffité d'*aban-*
donner le grand chemin dans les af-
faires d'opinion, fi l'on veut rencon-

II. Partie. E

trer la vérité. L'Athéisme, syſtême qu'on ne réfute plus ſérieuſement, eſt trop formel dans les trois premiers paſſages. D'ailleurs, Madame de P. a prévenu la critique contre eux, & y a répondu, en avertiſſant qu'elle écrit pour s'amuſer, elle & les autres; qu'elle veut écrire; qu'elle veut qu'on la liſe; & c'eſt, comme on le ſçait, un terrible mot qu'un *je le veux* d'une femme aimable. Enfin qui ne s'éloigneroit pas du grand chemin, c'eſt-à-dire de la Religion, pour avoir des lecteurs. Que diroit Madame de P. à une Couturiere qui lui auroit fait une robbe, coupée d'une maniere choquante & ridicule ? qui ſeroit auſſi burleſquement garnie, & qui ne pourroit être bonne qu'à faire rire, ſur tout ſi cette ouvriere en exigeoit le payement comme ſi ſon ouvrage étoit folide & de goût ; elle ne devroit, je crois, pas être moins embarraffée , fi l'on interdifoit l'exercice de toute Religion , & qu'on la contraignît de chercher le vérité.

» Un talent qui n'eft pas à négli-
» ger , c'eft celui de faire valoir
» un pardon ; il faut exagérer l'of-
» fenfe , en paroître bien fâché, &
» fe faire prier long-tems.

En déclarant que ceci n'eft point écrit pour les femmes , il eft aifé de deviner à qui il s'adreffe ; un bon ami ne manque jamais l'occafion de donner à ce qu'il aime des marques de fon zéle. Cependant Madame de P. n'eft pas tout-à-fait entrée dans les intérêts & dans les principes du fien. Tout le monde fçait combien il refpecte les loix de la fociété , & les perfonnes en place. » Je ne con-

» çois pas , difoit-il un jour à quel-
» qu'un, comment il y a des cervel-
» les affez folles pour s'attaquer aux
» Grands d'un Etat. Tous les hom-
» mes fe doivent des égards ; mais
» perfonne n'en mérite plus qu'eux.
» Il faut avoir perdu tout fens com-
» mun pour négliger ce premier de-
» voir du Citoyen. On en veut à
» des gens qui s'épuifent en travaux
» & en veilles pour procurer notre
» repos, qui ont toujours les yeux
» ouverts fur la conduite des Ci-
» toyens, qui n'ont d'objet que de
» les rendre heureux. On s'empor-
» te contre eux ; s'il leur arrive d'en
» punir quelqu'un qui s'oppofe à
» leurs deffeins, on fait courir des
» placards infolens , qui ne ména-
» gent ni les perfonnes , ni l'auto-
» rité. Traîtres infâmes, plumes

» infenfées , qui lancez le poifon de
» vos fatyres jufques fur le Trône ,
» tremblez. Y - a-t-il des fupplices
» pour vos blafphêmes ? O Gran-
» deur ! que de troubles , que de
» chagrins t'environnent ! & toi ,
» Sceptre, n'es-tu qu'un flambeau qui
» éclaire les plus légéres fautes ,
» pour enfevelir dans les ténébres
» les plus louables actions ! Madame
de P. devoit-elle ignorer des principes fi eftimables ?

» On fait une fottife par bonté
» de cœur, en époufant une fille de
» rien , à qui l'on auroit des obliga-
» tions effentielles ; mais il y auroit
» de la fcélérateffe & de la lâcheté à
» en ufer ainfi envers une fille d'un
» état fupérieur.

Il eft étonnant que Madame de
P. ait hazardé un pareil principe

ſans preuve. A moins qu'on appelle
de ce nom le choix que cette fille
d'un rang plus relevé auroit fait de
ſon amant; faudroit-il qu'un aimable
homme épouſât toutes les filles qui
feroient choix de lui ? Ce choix
peut-il lier un homme qui n'y a
point de part ? Eſt-ce le rang qu'une
fille a ſur l'amant qu'elle choiſit, qui
force celui-ci à lui donner ſa main ?
Je ſuppoſe toujours les obligations
dont on a parlé plus haut ; ſi cela eſt,
les Légiſlateurs ont donné dans un
terrible travers ! Ils démarient tous
les jours des époux mal aſſortis du
côté de la naiſſance. N'en déplaiſe
à Madame de P. je crois qu'elle a
pouſſé le privilége de la Nobleſſe
trop loin. S'il y a de la mauvaiſe foi
à manquer de parole à un Seigneur,
il y en a auſſi à en manquer à ſon

Jardinier. On ne fait pas moins mourir un malfaiteur pour avoir affaffiné un homme du peuple qu'un Marquis ou un Duc.

» Pourquoi , ajoute-t-elle, don-
» ner aux fermens plus de force
» qu'ils ne doivent en avoir ? N'eft-
» ce pas affez d'y tenir tant que l'on
» n'a pas de bonnes raifons pour y
» manquer ?

Cela eft fi vrai, continue-t-elle ,
» qu'une femme peut violer les fer-
» mens qu'elle a faits à un amant infi-
» déle. Je pafferois fous filence cette maxime & fa preuve , fi elle ne s'é-tendoit qu'à la galanterie. On fçait que les amans font des fermens, comme les femmes , des careffes à leurs maris, fans conféquence. Il y a des idées fi infoutenables qu'il fuffit de les citer pour qu'on en con-

E iiij

noifle le ridicule ; mais celle-ci eft applicable à tout, & pour en démontrer la fauffeté , cet exemple fuffira.

Pliftêne avoit un payement à faire pour lequel il craignoit un *par-corps*. Il a recours à un ami qui n'avoit d'argent qu'autant qu'il lui en falloit pour acquitter un billet payable à huit jours de là , aux mêmes rifques. Pliftêne fait tant par fes prieres, par fes fermens & par fes promeffes, que cet ami lui prête fon argent. Six jours après il vient trouver Pliftêne, le fait reffouvenir de fa parole, & en reçoit de nouvelles affurances. Le huitiéme jour , Pliftêne n'a point d'argent ; il crie, il fe plaint devant fon ami , qui va en prifon le lendemain pour l'en avoir cru fur fes fermens. Dormont, qui étoit préfent à cette fcéne , pa-

roît furpris d'un tel procédé. Pliftêne lui répond en riant , qu'il n'y a
que les fots qui gardent leurs paroles , & qu'un homme d'efprit ne doit
promettre que ce qu'il ne pourra jamais tenir. Pliftêne s'étoit-il entendu avec l'Auteur des nouveaux Caractéres ?

Il y auroit encore beaucoup d'autres endroits à reprendre ; mais
je refpecte trop Madame de P.
pour lui donner à croire que j'aie
aucun deffein de l'offenfer.

Adieu , cher . . . .

LETTRE XVII.

La Religion n'est point une affaire de Police ; elle est la source des loix positives. L'amour n'est un plaisir que quand il est accompagné de la retenuë & des bienséances ; il n'est pas indifférent quelle réputation l'on ait. La loi de Licurgue ne prouve tout au plus l'inutilité du mariage que dans un état comme le sien.

MON CHER......

Faire passer la Religion pour une affaire de Police ; méprifer tout ce qui est en quelque crédit parmi le petit nombre de gens qui penfent ; charger la réputation, la pudeur, la modeftie & le mariage de ridicules ; détruire la bonne opinion qu'on voudroit en avoir, à force de sophismes, tout cela étoit peu pour le Rhéteur Cirénéen, dont je vais t'entretenir. Tout cela lui auroit été commun avec cette espéce de Zoïles impies, qui s'arrogent impudemment le titre imposant de Philosophes. Il n'auroit partagé avec eux que les épithetes d'esprits faux & de mauvais Citoyens. Mais le comble du mérite est de les avoir tous. Il a joint à la qualification d'Apôtre de la débauche celle d'Historien de l'impudicité. Comment ces Auteurs, qui ne peignent que l'effronterie & la licence la plus outrée, osent-ils paroître en public? Ne craignent-ils pas les effets de l'indignation que leurs Ouvrages inspirent ? Ces monstres paîtris de libertinage & de luxure, ne méritent-ils que du mépris ? .... Pardonnes-moi cet emportement, cher. ... Je veux critiquer, & j'allois déchirer. Combien en font autant avec moins de raison !

Ce Rhéteur débute par les vœux de continence qu'il taxe de préjugé ridicule. Mais pour réfuter son opinion sur cette partie de la Religion, d'une maniere plus convaincante, il est à propos, me semble, de commencer par l'endroit où il fait de la Religion elle-même un réglement arbitraire, seulement propre à contenir la multitude. On doit s'assûrer du tronc avant d'en venir aux branches. Il est quelquefois permis de sacrifier l'ordre à l'ordre même. Voici les paroles du Rhéteur.

» Sans elle (la Religion) com-

» ment rendre les peuples capables
» d'ordres, de refpect & de foumif-
» fion. . . . . ? Quel fera le motif de
» leur ambition & de leurs defirs ?

Nous allons tous au même but,
mais par combien de chemins différens ? Toutes les femmes, par
exemple, veulent plaire, & les
moyens qu'elles prennent, font
auffi variés que leurs goûts. Les
unes font minaudieres, les autres
bizarres. Celle ci eft prude, cette
autre coquette. L'une préfére les
qualités du cœur & les dons de l'efprit ; & c'eft la plus rare efpece.
L'autre ne veut que des charmes &
de la beauté, & ne cherche qu'à
faire appercevoir les fiens. Madame
de l'A..... fe croit à faire peur fans
rouge ; elle a raifon, mais c'eft
pour en avoir trop mis le tems, pté.

Madame d'Ab.... aime les fourcils
blonds & raz, parce qu'elle en a ;
elle trouve ceux de la Comteſſe de
Boul...... trop noirs & trop garnis.
Cela lui donne un air hardi & vif
qui ne convient pas à une femme.
C'eſt que les femmes de nos jours
ſont froides & timides ! Madame
Man.... à qui rien ne va paſſable-
ment que le négligé , ne peut ſouf-
frir dans une autre un habillement
trop ajuſté. Ainſi du reſte.

Cette énumération , toute badine
qu'elle eſt , prouve combien ſont va-
riées les voyes qu'on prend pour ar-
river à la même fin. Cette différence
s'étend à tout , & à tous égards.
Tout ce qui ſert comme moyen
en général , dépend du goût , du
caractére & des qualités de l'eſprit.
Un emporté ſe venge autrement

qu'un homme de fang froid. Un
Amant follicite mieux des faveurs
que celui qui n'aime pas.

Or, fi chaque homme par fa
différente maniere d'envifager les
mêmes objets, prend pour les ac-
quérir une route différente. Si la
Religion eft, comme on le dit, un
prétexte, *un moyen de refpects*, pour
la multitude, combien ne doit-il
pas paroître furprenant que tous les
Légiflateurs, que tous les Conqué-
rants, que tout le monde enfin ait
eu la même idée fur la Religion,
& l'ait regardée comme un lien
unique & d'une néceffité abfolue
pour affujettir les peuples aux loix
civiles? Ce qui n'eft que d'invention
humaine n'a point ce caractére d'uni-
formité. Tout autre moyen feroit-il
impoffible? Ceux qui font de cet

avis n'en peuvent donner que deux
raifons qui ayent une apparence de
folidité. La premiere confifte dans
la difficulté de trouver un peuple
qui ait affez de force & de raifon,
pour rompre avec les préjugés de
fon pays, & fe faire des loix dont
l'objet feroit un bonheur actuel.
Mais il n'y a rien là de fi difficile.
On voit de tems en tems dans chaque Nation des perfonnages, qui
malgré la corruption du fiécle & la
force des préjugés, s'élevent aux
vertus les plus fublimes ; dont le génie capable des plus grandes chofes,
perce des ténébres qui avoient paru
jufqu'alors impénétrables, & chan-
ge à fon gré la face des Etats. Ce
que la nature fait à l'égard d'un
pays, ne le peut-elle faire à l'égard
du monde entier ? N'y a-t-il pas la
même

même proportion entre une Nation & l'Univers, qu'entre un homme & une Nation particuliere. L'un n'eſt donc pas plus inconcevable que l'autre ?

La ſeconde eſt, que pour faire reſpeĉter des loix poſitives, il a fallu propoſer des récompenſes éternel-les, parce que les temporelles au-roient fait moins d'impreſſion ſur l'eſprit des hommes. Cette propo-ſition eſt abſurde. Les récompenſes préſentes ſont au moins auſſi puiſ-ſantes pour cela que celle d'une vie future. L'Artiſan travaille avec non-chalance, quand il ne voit que dans l'éloignement le ſalaire de ſes pei-nes. Il n'y a point de Négociant qui ne préférât un léger profit qu'on lui donneroit, à un plus conſidéra-ble qu'on lui feroit eſpérer. Malgré

II. Partie.   F

toutes les belles chofes qu'on a di-
tes fur le défir inné de s'immorta-
lifer, je fuis perfuadé que fans la
gloire actuelle d'être utile à fa Patrie,
& le plaifir de jouir de fa reconnoiffance, fouvent même fans des né-
ceffités d'Etat, plus des deux tiers
des grands Capitaines, dont les an-
nales du monde confervent la mémoire, n'auroient été que des hommes ordinaires. Cela étant, il auroit
été beaucoup plus fûr dans les com-
mencemens des Monarchies, de prendre les hommes par l'appas d'un bonheur à leur portée, que d'aller chercher des menaces & des efpérances
qui ne pouvoient avoir leur effet
que dans l'avenir. Ce ne font donc
point les biens d'une vie future qui
font mieux refpecter les loix humai-
nes. La Religion n'eft donc point

essentiellement nécessaire à la police
d'un Etat ? Pourquoi donc n'y en
a-t-il aucun où elle ne régne ? La
raison m'en paroît assez simple.

Avant que l'homme vécût en société, il honoroit & respectoit l'Auteur de son être. Il a été homme avant
que d'être citoyen : le souvenir de
sa naissance & de son Créateur s'est
gravé dans son cœur en caractéres
inéffaçables même par les ténébres
du Paganisme, que l'ignorance &
l'éloignement des tems a substitué
au vrai culte. Les liens qui l'ont
mis aux hommes, sont postérieurs
à ceux qui l'attachoient à la Divinité. Ainsi les hommes porte-
rent dans les Villes où ils s'assem-
blerent pour vivre en société, les
sentimens de Religion nés avec eux.
On tira de cette Religion même les

loix qui les maintinrent dans le bon ordre & dans la tranquillité. Les premiers Citoyens apprirent ce qu'ils fe devoient entr'eux par une compa-raifon proportionnelle de ce qu'ils rendoient à la Divinité ; & dès-lors les loix divines & les loix humai-nes marcherent d'un pas égal , & devinrent inféparables. Les Pays,qui n'avoient pas la même Religion, avoient des loix conformes au culte qu'ils profeffoient. Et cette influen-ce de la Religion fur ces loix , eft encore une preuve de fa prééminen-ce & de fon ancienneté.

Voilà fans doute ce qui en a im-pofé aux efprits prétendus forts de nos jours. Trop peu accoutumés à examiner pour pouffer leurs réfle-xions jufques-là , ils aiment mieux refter dans leur inconféquence , que d'approfondir des vérités, dont la découverte détruiroit leurs fyftê-mes.

Il y a une autre conclufion à tirer de ceci, qui n'eft pas moins remarquable que la premiere. On n'a jamais vû de Nation fans culte Divin. La barbarie & la férocité en ont altéré les idées fans les détruire. Douce néceffité ! qui prouve que Dieu n'a jamais perdu fon ouvrage de vûe, & qu'il l'a conduit, comme par la main, à travers les plus épaif-fes ténébres jufqu'au centre de la lumiere, jufqu'au fanctuaire de la vérité ! Venons au paffage où il eft queftion de la continence. Le voici.

» Quelquefois efclaves d'un préju-
» gé ridicule, nous renonçons à des
» biens réels pour en mériter d'ima-
» ginaires. »

F iij

Il n'eſt pas difficile de comprendre qu'on entend par préjugé ridicule la virginité qu'obſervent les
Religieuſes : ce que je dirai d'elles
s'appliquera auſſi aux Moines qui
font le même vœu. Quant aux
biens réels, ce ſont ceux de l'amour,
& les imaginaires ceux d'une autre
vie.

Le conſentement de tous les hommes ſur une choſe qu'ils ont exa-
minée, fait une probabilité infinie,
& une probabilité infinie vaut une
démonſtration rigoureuſe. Or la continence en ce ſens eſt de tous les
tems. Depuis qu'il y a des hommes, il y a des Religions, & dans
toutes il y a eu des perſonnes de
tout ſexe qui ont renoncé aux dou-
ceurs de l'amour pour ſe conſacrer
au culte des Dieux. De tous les

exemples que je pourrois en rapporter, je me bornerai à celui des
Veſtales chez les Romains, dont
la fonction étoit d'entretenir le feu
ſacré toujours allumé, & qui
étoient enterrées vives, quand il
s'éteignoit. On auroit tort de dire
que cette univerſalité n'y fait rien,
que toute l'antiquité a pû ſe trom-
per, & qu'il y en a plus d'un exemple. Ces exemples ne regardent que
les Sciences & les Arts. Car on ne
peut comparer la Morale avec la
Médecine, l'Aſtronomie, la Phyſi-
que, &c. qu'en raiſon inverſe. L'Antiquité nous dirige & nous éclaire
dans la recherche des vérités mo-
rales. Et elle ne porte que ténébres
& qu'obſcurités dans les Sciences. L'unanimité & l'ancienneté
des uſages produit l'évidence dans

l'une, mais dans les autres, une opinion auffi vieille que le monde, ne doit fouvent le crédit où elle eft, qu'à l'ignorance & au hazard qui décide des découvertes. Ainfi l'objection tombe d'elle-même. Les vœux de continence ne font donc point un préjugé fi ridicule qu'on le fait entendre. Sur tout, mon cher. . . . . fi tu te rappelles ce que je t'en ai dit touchant l'Effai fur le mérite & la vertu, les Penfées Philofophiques & les Lettres Perfannes.

Le Rhéteur n'a pas mieux rencontré à l'égard de fes *biens réels*. Je ne vois pas que des mouvemens convulfifs, que des emportemens brutaux, qui n'affectent l'ame que pour la priver de fes facultés, foient de fi grands biens. Quels plaifirs

que ceux dont on ne jouit qu'en
ceſſant de ſe connoître & de ſe ſentir ! qui donnent une ſecouſſe ſi vio-
lente à la machine , que l'on a peine
à diſtinguer ſi elle eſt dans un état
de ſouffrance ou de plaiſir. Sans ces
délicateſſes , ſans ce retour , cette
tendreſſe du cœur , qui ne ſont nullement du goût des Rhéteurs Ciré-
néens , l'amour ne mériteroit pas
l'attention d'un honnête homme. En
effet , par combien de veilles , d'embarras & d'inquiétudes n'achete-t-on
point ſes plaiſirs ? Qu'on ne me diſe
point que les brouilleries , les ca-
prices , les contraintes des Amans ,
ne ſont pas de véritables maux ; j'en
appelle à l'expérience.

Ces biens tant vantés ſe rédui-
ſent tout au plus à rétablir le défordre , à diſſiper le trouble qu'ils

ont jetté dans leur ame, à la refaire,
pour ainſi dire, de ſes fatigues. Peut-
on encore une fois nommer bonheur
ce fruit de nos peines qui ne nous
rend que ce qu'il nous a ôté. Un
reméde qui ne rétablit que la ſanté
qu'il a fait perdre, vaut-il la peine
qu'on le prenne? D'ailleurs la ſaiſon
des amours s'enfuit d'une aîle rapide; & ſi l'on n'a vêcu que pour
eux, le reſte de la vie devient très
à charge; au lieu que ceux qui ont
employé leurs beaux jours à régler
leurs deſirs, à maîtriſer leurs paſſions, ſe ſont fait un fond de mérite
qui les conſole aiſément de la fuite
des graces & de la jeuneſſe. Que ſeroit-ce ſi je pouſſois ce détail juſ-
ques ſur les peines du ménage, ſur
les revers de fortune, ſur les chagrins que donnent ſouvent des en-

fans -corrompus & diffipateurs ? Un état qui met à couvert de ces inconvéniens , ne vaut-il pas bien les *plaifirs réels* du Rhéteur Ciré-réen ?

Il n'eft pas mieux décidé que les biens de l'autre vie ne font qu'imaginaires. Il n'y a que les Athées qui le penfent ; & les Athées font des êtres fort peu décidés eux-mêmes.

Il eft du beau ton de fecouer le joug des bienféances , de la pudeur & de la modeftie ; mais comme une découverte en amene une autre, le Rhéteur veut, qu'à l'exemple des animaux & de certains peuples, on travaille à la propagation de l'efpéce, fans tant de façon & aux yeux de tout le monde. Nous fommes bien fots de croire nous tirer du rang de la brute par la nobleffe des

fentimens : orgueilleufe & ftupide
délicateffe ! Voyons néanmoins en
quoi confiftent les avantages de cette
coutume qu'on voudroit établir. Le
dégoût fuit de près l'habitude de
voir les plus belles chofes, & la ra-
reté nous donne de la curiofité pour
les moindres. Le premier eft arrivé
à ces peuples dont on parle. La
liberté qu'ils ont euë de fe voir &
de fe poffëder, a dégénéré en indolence, & éteint leurs defirs. A
force d'approcher de l'état de nature, les organes du fentiment ont
perdu peu-à-peu leurs refforts, &
les deux fexes, privés de l'aiguillon
de la curiofité, n'ont confulté que
l'inftinct des animaux pour s'unir.
La froideur de nos époux en eft encore une preuve. Rien de plus commun parmi eux que de vivre enfem-

ble fans s'en appercevoir. Le plaifir
délicat, ennemi de la familiarité, ne
préfide point à leurs careffes : il n'eft
dû qu'aux Amans , & les maris cé-
dent ce rôle à leurs voifins. Prof-
crire la réferve & la décence, c'eft
donc priver l'homme du vrai plaifir
qui fuit la régle générale des productions de la nature. En effet l'Art bien
entendu lui donne un nouveau prix,
comme à elles, un plus grand éclat.
Ce n'eft donc point une vaine fubti-
lité qui a multiplié les bienféances ,
mais une expérience réfléchie , contre laquelle tous les raifonnemens
& les exemples du monde feroient
fans effet.

A propos d'exemple , notre Rhéteur en cite un , toujours pour appuyer fon opinion fur l'union publique des deux fexes, qui te pa-

roîtra fans doute fort concluant : le
voici dans fes propres termes. » On
»n'a pas toujours regardé cette action
» de travers , puifque la Juftice l'a
» fouvent ordonné & fait pratiquer
» fous fes yeux. Sans parler du ver-
be ordonné au mafculin ; *regar-*
der une action de travers , eft tout à
fait joli : il faut le mettre avec *des*
êtres inutiles à la terre , dont les uns
font méprifables , les autres font pi-
tié , & tous font à plaindre ; & avec
les momens où vous héfitez d'en
prendre , (du plaifir) , ne font plus
pardonnables. Des êtres inanimés
ont très grand tort d'être méprifables & à plaindre. De courts efpa-
ces de tems , tels que les momens
dont il s'agit ici , font de petits in-
dociles à qui l'on donnera des ver-
ges fur les mains, la premiere fois

qu'il leur arrivera de ne pas prendre du plaisir. Que cela est bien dit ! Et puis , peut-on une allégation plus heureuse ! que ceux , qui comme moi pouvoient avoir pris le Congrès pour un préservatif contre les trop fréquentes demandes en caffation de mariage , ou si l'on l'aime mieux , pour un abus dont la Justice a reconnu l'indécence en l'aboliffant , fortent de leur erreur , & en ayent obligation au Rhéteur Cirénéen.

Il me femble pourtant qu'il auroit pû s'épargner les frais de tant de citations. Quand on a fçu fe mettre au-deffus des difcours & des bienféances , faut-il fe donner tant de peine ? n'eft-on pas difpenfé des preuves ? Je ne conçois pas qu'un homme de bon fens , (car il faut en avoir pour faire un Ouvra-

ge qui n'eſt que mauvais ,) con-
noiſſe aſſez peu les loix de la ſociété , pour ſe faire honneur d'un
libertinage qui brave crainte & reproche ; pour ne pas *s'embarraſſer de*
ſa réputation , & ne trouver aucune
ſatisfaction dans l'opinion d'autrui ; il
n'y a que l'extrême débauche qui
inſpire tant tant d'effronterie. Ne
voit-on pas tous les jours les plus
corrompus ſe parer aux yeux des
honnêtes gens des déhors de la vertu , pour ſe dérober au mépris que
mérite leur conduite ? Cet aveu
tacite que le vice même fait en faveur de la vertu , prouve qu'il n'eſt
pas indifférent quelle opinion l'on
ait de nous. Mais s'il faut être libertin déterminé pour penſer comme
ce Rhéteur , il faudroit auſſi avoir
de la vertu pour goûter ma morale ;

&

& en ce cas nous avons l'air de ne plus perfuader ni l'un ni l'autre. Il me femble néanmoins qu'il n'a pas toute l'indifférence qu'il affecte à cet égard. Pourquoi n'a-t-il pas mis fon nom à fon Ouvrage ? On a dit de certains Philofophes qui fe foucioient peu que leur nom vécût dans la poftérité, qu'une preuve de leur fincérité c'eft que tous leurs Ouvrages étoient fignés de leur main. On peut dire au contraire du Rhéteur Cirénéen qu'il fe mocque d'être en mauvaife réputation, mais qu'il a eu peur d'être connu, en mettant fon feing à la tête de fon Livre.

Ce qu'il dit encore du Mariage, (car il a peine à quitter cette matiere,) feroit bon dans une République comme Lacédemone, où les peres & meres ne donnoient que la naiſſance & le nom à leurs enfans, tandis que la République avoit ſur eux le droit de l'éducation. Licurgue avoit fait une ſeule famille de cet Etat, & nos Légiſlateurs ont fait un Etat de pluſieurs familles qui jouiſſent des biens ſans égalité, pour les laiſſer à des héritiers avoués par la loi, à la même condition. On peut comparer les enfans nés parmi nous, d'un amour clandeſtin, à ces marchandiſes de contrebande qui n'ont point de cours dans le Commerce. N'eſt-il pas ridicule de vouloir faire vivre en Spartiates, des peuples qui ſe gouvernent par des loix différentes des leurs?

D'ailleurs Licurgue eſt-il grand par tout? Les loix qui concernent les approches des deux ſexes ſont-elles compriſes dans ce qu'il a fait de mieux ? On lifoit autrefois l'Hiftoire pour y trouver de grands exemples à imiter; aujourd'hui on ne la voit que pour s'appuyer de ce qu'elle a de foible. Le Légiflateur de Lacédemone a fait une vertu de la filouterie , & toleré la communication des femmes; on l'en croit fur fur fa parole , & on s'autorife de fon exemple. Il faut efpérer qu'on profitera de même de tous les défauts des hommes illuftres. Comment feroient les méchans , fi les Héros n'avoient point été hommes ? Je t'ai parlé , cher..... plus au long du Mariage dans mes réflexions fur les Lettres Perfannes : tu pourras relire cet endroit , fi tu as confervé ma Lettre. Il y a plufieurs autres chofes très-dignes de critique dans le Rhéteur Cirénéen , & que je paffe fous filence, parce que j'en ai déja parlé, ou que j'aurai l'occafion de t'en écrire un autre jour.

Adieu, cher.....

LETTRE XVIII.

Deſſein de l'Auteur de la Lettre ſur les Aveugles à l'uſage de ceux qui voient. Les Aveugles ont des idées du beau. Les jugemens qu'ils en portent ſont à eux, & non à ceux qui voient. Ils ne confondent pas le bon avec le beau. Nul avantage à exercer nos ſens ſéparément. De la pudeur & de la compaſſion des Aveugles. Extrait du ſyſtéme de Saounderſon. Réfutation.

MON CHER.....

Je t'ai dit dans une des Lettres précédentes que l'Auteur des P. Ph. a commencé dans ſon premier Ouvrage, par établir l'exiſtence d'un Dieu, qu'il en doute dans le ſecond, & qu'il le nieroit apparemment dans un troiſiéme. Ma prédiction eſt accomplie: Il ne veut plus croire en

G iij

Dieu qu'on ne lui faſſe toucher au doigt. Il étoit obligé auparavant d'admettre , avec preſque tous les gens raiſonnables, certaines preuves de l'exiſtence de la Divinité. Il a cherché à ſortir de ces entraves : il s'eſt jetté entre les bras des aveugles ; il a puiſé les principes de ſa Théologie dans leur Ecole , & leurs déciſions ſont pour lui des oracles. Pouvoit-il mieux faire, lui qui ſemble ſi fâché de voir ?

Mais avant d'entrer dans l'examen de cet Ouvrage , il eſt à propos de conſtater préciſément ce que l'Auteur y a en vûe. On pourroit dire que j'ai tort d'entreprendre un homme qui fait parler des aveugles autrement que ceux qui voyent ; ſur tout puiſqu'il a pris la précaution d'avertir du peu de

folidité de leurs raifonnemens. Puis
on ne manqueroit pas de me citer
la réflexion qu'il a faite immédiate-
ment après avoir recueilli le dernier
foupir de Saounderfon, en ces termes : » Vous voyez, Madame, que
» tous les raifonnemens qu'il vient
» d'objecter au Miniftre, ne font pas
» même capables de raffurer un
» aveugle. Quelle honte, (ceci n'eft
» pas bien lié avec la premiere
» phrafe,) pour des gens qui n'ont
» pas de meilleures raifons que lui,
» qui voyent, & à qui le fpectacle
» étonnant de la Nature annonce,
» depuis le lever du Soleil jufqu'au
» coucher des moindres Etoiles,
» l'exiftence & la gloire de leur Au-
» teur ! Ils ont des yeux dont Saoun-
» derfon étoit privé, mais Saounder-
» fon avoit une pureté de mœurs,

G iiij

» une ingénuité de caractére qui
» leur manquent. »

Cette remarque judicieuse méritoit plus d'attention que l'Auteur ne
lui en a donné. Encore s'il eût eu
deſſein que ſes Lecteurs en profi-
taſſent mieux que lui ! Mais il ne faut
que ſe rappeller le titre de ſon Ouvrage pour ſe convaincre du contraire...
à l'uſage de ceux qui voyent. Comment
fait-on uſage d'un conſeil, par exemple ? en le ſuivant , ce me ſemble. Eſt-ce faire uſage de la ſaga-
cité, & des raiſonnemens d'un aveugle né , que de les regarder comme
incapables de raſſurer un aveugle
même ? Le monde, dit Saounderſon, eſt l'effet d'une fermentation
dans la matiere, qui a produit des
êtres plus ou moins parfaits, à me-
ſure qu'elle a acquis des combinai-

fons plus ou moins convenables.
Eſt-ce mettre à profit les découvertes de ce Philoſophe, que de les rejetter comme frivoles? Si ce paſſage eſt contradictoire avec le titre
du Livre, il faut abandonner l'un
ou l'autre : mais lequel conſerver?
Le paſſage ? On ne pourra plus
découvrir le but que l'Auteur ſe
propoſe ; & penſer qu'il n'en a
point, c'eſt injuſtice. Je tiens donc
pour le titre, & c'eſt dans ce
point de vûe que je vais critiquer
la Lettre ſur les Aveugles à l'uſage de
ceux qui voyent. J'entre en matiere.

» A force d'étudier par le tact la
» diſpoſition que nous exigeons dans
» les parties qui compoſent un tout,
» pour l'appeller beau, un aveugle
» parvient à faire une juſte appli-
» cation de ce terme. Mais quand il

» dit , cela eſt beau , il ne juge pas,
» il rapporte le jugement de ceux qui
» voyent. »

Si je conçois qu'un Aveugle peut
appeller beau , un objet dans lequel
il trouve par le tact, la diſpoſition qui
le rend tel , & que nous y trouvons
par la vûe , je ne comprends pas de
même pourquoi cet Aveugle , en
l'appellant beau , ne donne pas ſon
jugement, mais celui d'un autre. Eſt-
ce parce qu'il a fallu lui dire en
quoi conſiſtoit cette diſpoſition? Si
elle eſt de convention , comme on
ſemble le croire , n'a-t-il pas fallu le
dire aux plus clairvoyans? D'ailleurs
pour rapporter ſimplement le jugement d'autrui , il ſuffit d'uſer des mêmes termes que lui , ſans entrer dans
aucun examen. Si l'on étudie l'arrangement & la ſymétrie d'une ma-

chine quelconque, pour en affirmer
telle ou telle vérité, on combine
fes propriétés, on compare fes rap-
ports, on prononce enfin d'après
cet affemblage d'idées, & je crois
que c'eft-là ce qu'on entend par le
mot juger. Un clairvoyant n'appelle
un objet beau qu'après s'être affuré
par la vûe, du rapport qu'il a avec
l'idée de fymétrie qu'il s'eft faite.
Pourquoi l'Aveugle étudie-t-il par le
taɛt la difpofition des parties d'un
tout, fi ce n'eft pour fe convaincre du
même rapport ? N'y a-t-il que l'organe de la vûe qui nous faffe juger ?
L'ouï, l'odorat, le goût & le toucher
n'auroient - ils pas le même privilége ? Cela eft auffi peu jufte que
la comparaifon dont l'Auteur s'appuye. Il n'en eft pas de même d'un
Aveugle qui appelle beau un objet

qu'il trouve tel en le touchant, que
de ceux qui ne décident d'une Piéce
de Théâtre qu'après l'avoir enten-
due, ou d'un Livre qu'après l'avoir
lû, que sur ce que les autres en disent. Cet *après l'avoir entendu, ou lû,*
ne répond point du tout à l'attention
avec laquelle l'Aveugle employe le
toucher. Les uns sont incapables de
connoître le beau, & d'en appli-
quer l'idée à ce qu'ils entendent ou
à ce qu'ils lisent. Lire & entendre
est pour eux la même chose que
ne pas lire & ne pas entendre : mais
toucher & ne pas toucher, est bien
différent pour un Aveugle.

» La beauté pour un Aveugle n'est
» qu'un mot, quand elle est séparée
« de l'utilité. »

Cette Sentence est trop générale-
le : il est certain qu'elle n'a lieu

qu'à l'égard des objets fenfibles feulement à la vûe, comme la blan-
cheur du teint, l'éclat des couleurs,
la vivacité ou la langueur des yeux,
la régularité des traits, l'ordonnan-
ce d'un Spectacle. Mais le poli, la
fermeté des chairs, les graces de
l'efprit, la douceur du caractére,
font autant de chofes qu'un Aveugle trouve très-belles. A-t-il befoin
de voir pour goûter un Difcours ou
un Concert? L'un & l'autre n'ont-
ils pour lui que de l'utilité ? Les
Aveugles ne confondent pas plus
que les autres hommes, ce qu'ils
trouvent beau avec ce qu'ils trouvent bon. Mangent-ils un morceau
qui leur fait plaifir, ils le nomment
bon. Entendent-ils un air qui les
touche ? ils difent qu'il eft beau.
S'ils font à plaindre, c'eft qu'il y a en

effet une multitude de chofes ad-
mirables perdues pour eux, & non
parce qu'ils n'eftiment beau que ce
qui eft bon. Si cela étoit, auroient-
ils des idées du beau, comme on en
convient ? Concluons - donc avec
l'Auteur qui fe condamne lui-même
de la meilleure foi du monde, que
ces idées font à la vérité moins éten-
dues dans un Aveugle, mais beaucoup plus nettes que chez certains
Philofophes.

» S'il n'attache (l'Aveugle) au-
» cune idée aux termes qu'il em-
» ploye, il a du moins fur la plû-
» part des autres hommes l'avantage
» de ne les prononcer jamais mal-à-
» propos. »

Entens-tu cela, cher ? .... em-
ployer des termes qu'on ne fait
rien fignifier, & ne les prononcer

jamais mal-à-propos , frife le gali-
matias de très près. Il me femble
qu'on parle toujours à contre-tems ,
quand on ne fait pas ce qu'on dit.
Un Auteur, qui compoferoit un Ouvrage de termes aufquels il n'atta-
cheroit aucune idée , n'en travail-
leroit pas moins fort mal-à-propos.
Il eft plus aifé de fentir où l'Auteur en veut venir. Mais que penfer d'un Ecrivain qui eft obligé,
pour dire une impiété , de renon-
cer à la raifon & au fens commun ?

» Je conclus de-là que nous tirons
» fans doute du concours de nos fens
» & de nos organes de grands fervi-
» ces;mais ce feroit autre chofe enco-
» re fi nous les exercions féparément,
» & fi nous n'en employons jamais
» deux dans les occafions où le fe-
» cours d'un feul fuffiroit. Ajouter

» le toucher à la vûe, quand on a
» aſſez de ſes yeux, c'eſt à deux
» chevaux, déja fort vifs, en atte-
» ler un troiſiéme en harbaleſte, qui
» tire d'un côté, tandis que les au-
» tres tirent de l'autre. »

   » Mais ce feroit toute autre cho-
» ſe, &c. Cet avantage n'eſt qu'ima-
ginaire : il ne pourroit venir que
de ce que l'impreſſion des objets
ſur deux ſens différens s'affoibliroit
en ſe diviſant. Or elle ne s'affoiblit
point, cet exemple en eſt la preuve.
Que dans un juſte point de vûe on
conſidére une ſtatuë de toute la force
des yeux ; qu'on y porte enſuite les
mains, on ne s'apperçoit pas que
les regards ſoient moins vifs & moins
étendus que quand on a ſes mains
dans ſes poches. Mais je ſuppoſe que
l'impreſſion des objets s'affoibliſſe,

ne regagne-t-on pas par le tact ce qu'on perd du côté de la vûe ? Ce ne peut donc jamais être un bien pour nous d'exercer nos sens séparément ; mais combien de fois est-ce un très-grand mal ?

» Et si nous n'en employons ja-
» mais deux dans les occasions,&c.»
Ces occasions ne se rencontrent point : un sens ne vient jamais au secours d'un autre, que parce que nous ne croyons pas le rapport du premier suffisant. Gouterois-je de cette liqueur qu'on me présente, si mes yeux m'avoient pleinement instruit de ce qu'elle est ? Suis-je tenté de toucher un tableau, quand mes yeux seuls peuvent m'en découvrir les différentes beautés? S'embarrasse-t-on de voir l'Orquestre de l'Opéra, quand on peut l'entendre ?

II. Partie.   H

» Ajouter le toucher à la vûe &c. »
Cet Auteur n'eſt pas heureux en
comparaiſons. Y a-t-il la même oppoſition entre le toucher & la vûe,
qu'on employe dans le même tems
pour s'aſſurer d'une vérité, qu'entre des chevaux attelés en arbalête,
dont deux tireroient de leur côté, &
le troiſiéme de l'autre. On ne touche
un objet que l'on a vû que pour
connoître plus ſûrement ce qu'on en
veut ſçavoir. Mais ſi quelqu'un étoit
aſſez mal-adroit pour atteler des chevaux en arbalête, (*a*) ſeroit-il aſſez
fou pour vouloir leur faire tenir la
même route? Si cet Auteur n'avoit
pas fait l'Eſſai ſur le mérite & la
vertu, je ſerois tenté de croire qu'il

(*a*) Je ſuppoſe avec l'Auteur que des
chevaux attelés en arbalête ne peuvent ſuivr
la même ligne; ce qui eſt faux. Car ce ne
ſont que deux chevaux, devant leſquels un
troiſiéme eſt attaché dans le même ſens.

est meilleur Géomêtre que Méta-
physicien.

» Quoique nous soyons dans un
» siécle où l'esprit philosophique
» nous a débarrassé d'un grand nom-
» bre de préjugés, je ne crois pas
» que nous en venions jamais jus-
» qu'à méconnoître les prérogatives
» de la pudeur aussi parfaitement
» que mon Aveugle.

Cette remarque est plaisante !
Cet Aveugle-là auroit bien dû aussi
trouver ridicule le goût que ceux qui
voyent ont pour les couleurs, pour
l'étalage des richesses & des bijoux, pour la pompe, les ameu-
blemens, & les autres marques
de l'opulence & de la grandeur.
Faut-il dire à l'Auteur qu'on n'a qu'à
créver les yeux à tous les hommes
pour que tout cela tombe dans le

décri comme la pudeur y eſt tom-
bée parmi les Aveugles ? ... Des
réflexions auſſi triviales ne répon-
dent point à la reputation de leur
Auteur. En voici encore quelques-
unes de cette eſpéce.

  » Quelle différence y a-t-il pour
» un Aveugle entre un homme qui
» urine , & un homme qui ſans ſe
» plaindre verſe ſon ſang ? Quel ſor-
tilége ! La même que pour un clairvoyant qui entendroit tomber l'u-
rine & le ſang ſans les voir. Tout
le monde ſçait que les objets ex-
térieurs ne nous affeĉtent que par
l'entremiſe des ſens. Plaindrai-je un
homme ſi je ne ſçais pas qu'il ſouf-
fre ? Faut-il être aveugle pour manquer de compaſſion en ce cas ? ...
. . . . . » Tant nos vertus dépendent
» de notre maniere de ſentir , ou du

» degré auquel les chofes extérieu-
» res nous affectent. Si l'on tuoit
un homme à une diftance où il ne
paroîtroit gros que comme un hirondelle , ce ne feroit pas par la
raifon qu'il eft petit , mais parce que
cet éloignement nous le déroberoit,
& que nous le prendrions plutôt pour
une hirondelle que pour un homme.

Nous avons de la compaffion
pour un cheval qui fouffre , & nous
écrafons une fourmi fans fcrupule.
Mais eft-ce le même principe qui
nous détermine ? C'eft-à-dire , eft-
ce la raifon de grandeur & de petiteffe qui nous porte à ménager le
cheval & à marcher fur la fourmi ?
point du tout. Nous craignons d'ê-
tre privé des fervices que le cheval
nous rend , c'eft pour cela que
nous tâchons de le conferver.

Mais nous écrafons la fourmi pour nous garantir de la morfure, & parce que nous ne connoiffons pas à quoi elle peut nous être utile. Qu'on fuppofe un cheval furieux & indompté, & dont on ne pourra approcher fans craindre pour fes jours, à coup fûr on ne le ménagera pas plus que la fourmi. Ne voyons nous pas tous les jours prendre autant de foin d'une abeille que du meilleur cheval? Où a-t-on donc été chercher cette raifon prétendue de grandeur & de petiteffe pour fervir de motif à notre compaffion, ou à notre infenfibilité? J'aime bien mieux entendre raifonner l'Auteur fur le fyftême mathématique de Saounderfon. Il en développe jufqu'aux plus petites circonftances. Il eft clair, on le fuit. Ses defcriptions font des pein-

tures qui rendent tout ce qu'il dit
fenfible à l'efprit.

» Mais ne nous éloignons plus de
» Saounderfon, & fuivons cet hom-
» me extraordinaire jufqu'au tom-
» beau. » Ces mots *fuivons......*
jufqu'au tombeau portent avec eux
l'idée d'une efpace qui refte encore
à parcourir. On ne dit pas fuivre
un homme arrêté. Pour fuivre quelqu'un il faut qu'il aille, & on ne
marche plus au lit de la mort, où
notre Auteur jette Saounderfon trop
fubitement. Il auroit dû, ce me
femble, préparer cela de plus loin.
Voilà de ces lacunes, de ces vuides
où l'efprit à rompu, pour ainfi dire,
la chaîne des idées, pour fauter bruf-
quement à d'autres qui n'y ont point
de rapport. Ce défaut eft commun
dans de très-bons Auteurs ; mais je

ne m'attendois pas à le trouver dans un Ecrivain qui, dit-on, n'y tombe pas même dans la conversation. Peut-être les imaginations vives, les génies brillans & pleins de feu y sont-ils plus sujets que d'autres ; en ce cas la faute est pardonnable.

Mais revenons à Saounderson. Ce qu'il a fait dans le cours de sa vie n'est rien en comparaison de ce qu'il dit dans ses derniers momens. L'Auteur en fait tant de cas qu'il ne craint que de ne pouvoir pas le traduire comme il le mérite.

Point de Dieu, si on ne le fait toucher à cet Aveugle. Le Spectacle de la Nature n'est fait que pour les Ministres & ceux qui voyent comme eux. Le Mécanisme animal le plus parfait ne suppose point d'être souverainement intelligent, & nous étonne mal-à-propos. C'est une sotise d'appeller l'ouvrage d'un Dieu ce qui est au-dessus de l'homme. Si nous remontions, dit-il, à la naissance des choses & des tems, nous rencontrerions une multitude d'êtres informes, nous verrions ensuite tous ces monstres s'anéantir successivement , & toutes les combinaisons vicieuses de la matiere disparoître. Aujourdhui l'ordre n'est pas si parfait qu'il ne paroisse encore de tems en tems des productions monstrueuses. Le nombre des animaux fait croire qu'il y a autant de mondes où la fermentation & le mouvement continueront de combiner la matiere jusqu'à ce qu'elle ait obtenu un arrangement dans lequel elle puisse persévérer. O Philosophes , cherchez donc à travers les agitations de ces mondes les veftiges de cet Etre intelligent, dont vous admirez ici la fageffe.

Voilà a-peu-près le précis du fyftême de Saounderfon. Les bornes de cette Lettre déja trop longue ne me permettent pas d'attaquer chacune de fes parties féparément. Je ferai feulement quelques réflexions fur le fond du fyftême, fur le principe qui lui fert de bafe. Pour appercevoir combien une opinion eft peu raifonnable, il n'eft pas toujours néceffaire d'entrer dans un grand détail. Il fuffit de détruire les fondemens pour renverfer tout l'édifice.

» La matiere en fermentation fai-
» foit éclôre l'univers. »

Si la fermentation de la matiere a enfanté tous les êtres d'abord monftrueux & informes, ils n'ont

pû être perfectionnés que par
elle, puisque Saounderson pense
qu'elle dure encore. Au commencement du monde la matiere, raffem-
blée en une seule masse, pêtrissoit,
pour ainsi dire, ses créatures avec
ses forces réunies. Depuis que les
êtres sont sortis de son sein, ils ne
sont reproduits que par de très-
petites portions de matiere. Cette
différence est assez considérable pour
influer sur le principe qui, perdant
beaucoup de sa force, ne devroit
tout au plus donner naissance qu'à
des êtres qui auroient la même proportion avec ces portions de matiere qu'elles ont elles-mêmes avec
la masse entiere. D'ailleurs, ou ces
portions ne donnent point de perfection, ou elles doivent la donner
invariablement. Car ayant obtenu

l'arrangement dans lequel elles peuvent perféverer, les combinaifons
qui les y ont conduites ceffent.
La fermentation difparoît avec elles.
L'arrangement de ces parties de ma-
tieres doit donc être ftable & conftant ? Elles ne doivent donc produire que des êtres parfaits? Cependant
Saounderfon n'a point d'yeux, &
le Miniftre qui le prêche en a.

En outre fi la fermentation qui
a fait éclôre l'univers la perfec-
tionne fans ceffe, pourquoi ne nous
en appercevrions-nous pas ? Les Sa-
vans au moins fi attentifs à fuivre
la nature dans fes plus fecrettes opé-
rations, n'auroient-ils jamais remar-
qué ces changemens ? L'Europe
n'eft-elle pas la même aujourd'hui
qu'il y a mille ans ? Si elle a changé
eft-ce en mieux ? Eft-ce par le pou-

voir d'une effervescence aveugle de
la matiere? Le lion, l'éléphant, le
loup, le chien, le bœuf, les arbres, les plantes, les minéraux,
l'homme même, font-ils autres que
ce qu'ils étoient du tems des Mé-
des & des Affyriens ? Que la fermentation ait formé le globe ter-
reftre, je le veux. Mais cet Atmo-
fphére divifé en tant de couches
différentes, qui l'a placé au tour
de nous ? Ces vents, ces faifons,
dont la fucceffion eft fi réguliére,
qui a réglé leur retour ? Ce Soleil,
ce Firmament, ces Aftres. . . . . .
pardonne, cher. . . . . j'oubliois que
je parlois contre un Aveugle. N'eft-
il pas d'une femmelette plutôt que
d'un Philofophe, de croire aux mon-
ftres de la Fable ? Les Minautau-
res, les Sphinx, les Centaures, les

Hidres à sept têtes, les Polyphémes,
n'étoient pas plus des monstres que
Jupiter, Saturne, Pluton, Neptu-
ne, Venus & Junon étoient des
Dieux & des Déesses. L'ignorance
& la crédulité de nos bons ayeux
étoient des Télescopes qui grossis-
soient furieusement les objets. Ils
trembloient à l'approche d'un ciron,
& se prosternoient devant une mou-
che. Je sçais qu'il paroît de tems en
tems des êtres extraordinaires ; mais
ils ont des causes toutes simples, &
je me garderai bien de les rapporter
à la fermentation de la matiere mal
combinée. Je n'exige point qu'un
Maçon me fasse une maison de
grande apparence dans un recoin mal
disposé, ni qu'un moule octogone
me donne une figure quarrée. Si
j'ignore comment les objets font im-

preſſion dans une femme enceinte ,
& comment elle la communique à
ſon fruit. Les hypothéſes qu'on a
faites à ce ſujet n'impliquent point
contradiction pour les autres parties
de mon ſyſtême , & c'eſt aſſez pour
les admettre , en attendant mieux.

Tu es ſurpris ſans doute , cher....
que j'aie refuté ſérieuſement le ſyſtême d'un Aveugle ; mais ne dois - tu
pas l'être davantage qu'un Auteur qui
nous a dit de Saounderſon les plus
belles choſes du monde , nous con-
duiſe au bord de ſa foſſe , pour lui
entendre débiter des rêveries pué-
riles. Ne nous a-t-il appris que cet
Aveugle-né a vû pendant ſa vie
plus loin que ceux qui voyent le
mieux , pour le faire mourir comme
le plus aveugle des Aveugles. La
belle fin ! Cela me fait reſſouvenir

d'un Philosophe, esprit fort, dont le nom ne me revient pas, qui ayant nié toute sa vie l'existence d'un Etre suprême, mourut de la peur des revenans. Les plus grandes folies sont souvent celles que l'homme fait à la mort.

Adieu, cher.....

LETTRE XIX.

Des Syſtêmes en général. Pourquoi on ſe jette plûtôt dans l'un que dans l'autre. Qu'il eſt faux de dire qu'il eſt plus dangereux de réveiller l'attention ſur des vieilles erreurs, que de les laiſſer dans l'oubli, ou le ſilence.

MON CHER......

On ne voit guéres de perſonnes aſſez mal aviſées pour prendre un chemin oppoſé au but qu'elles ſe propoſent, & qu'elles ſavent devoir nuire à leurs intérêts & à leur réputation. Les eſprits les plus lourds ont à cet égard toute la prudence qu'il faut. Il n'y a que nos Mora-

II. Partie 1

liftes & nos Métaphyficiens qui la
croyent indigne d'eux. Car que fe
propofent-ils pour fruit de leurs
méditations ? La qualification de
gens à fyftême : Mais qui ignore
que ce mot eft fynonime à rêverie,
idée chimérique, ou comme on dit,
châteaux en Efpagne ? Du moins
ne peut-on nier que ce ne foit le
fens que les honnêtes gens lui donnent le plus communément ; fans
doute parce que les Syftêmes font
en matiere de Morale ou de Méta-
phifyque, des enfans de l'imagination, & que l'imagination eft un
guide qui mene plus fouvent à l'erreur qu'à la vérité.

Ce n'eft pas-là la feule raifon qui
a fait tomber le génie fyftêmatique
en ce genre, dans le mépris. J'en
entrevois d'autres qui ne font pas

moins folides: quelle créance, quelle
confidération mérite des opinions
qui n'ont jamais pour fondement que
l'éducation , les circonftances ou
même le tempérament ?

10. L'éducation décide fi indubi-
tablement des Syftêmes, c'eft-à-dire,
des principes que nous adoptons,
qu'il me femble inutile d'en rapporter aucun exemple : l'expérience
n'en fournit que trop tous les jours.
Car de même que des Maîtres de
Mufique , de Danfe , de Peinture,
&c. communiquent à leurs Éleves
non feulement une habitude &
une pratique générale de leur Art ,
mais encore leur maniere & leur
goût prrticulier , de même ceux de
Morale font paffer leurs propres
principes dans les cœurs de leurs
Difciples, en forte que je ne connois

que deux moyens qui réuſſiſſent
quelquefois à les en arracher, l'a-
mour & l'intérêt.

2º. Les circonſtances dans leſquelles nous nous trouvons avant
d'être parfaitement décidés, influent
beaucoup ſur nos façons de penſer.
J'en trouve une preuve frappante
dans M. N. ſes talens ſont connus
preſque pour univerſels. Des gens
d'un grand mérite font de lui l'éloge
le plus flatteur, en diſant d'une
commune voix qu'il a trop d'eſprit
pour occuper ſa plume à combattre des principes reſpectables. Les
ſuccès qu'il eut dans ſes études pro-
mettoient beaucoup ſans contredit,
mais ſon génie & ſa pénétration ſe
développerent ſur-tout dans ſon
cours de Philoſophie. Les progrès
ſurprenans qu'il y fit percerent juſ-

ques dans fa Patrie, & lui gagne-
rent tous les cœurs. Un parent qu'il
y avoit Chanoine à la Cathédrale,
lui deftina dés-lors fon Bénéfice, &
en obtint l'agrément du Chapitre.
Mais avant de mourir, il eut mal-
heureufement quelque démêlé avec
un de fes Confreres, qui avoit tout
crédit dans le Chapitre & auprès de
Monfeigneur, de forte que ce parent mort, M. N. fe difpofa à prendre poffeffion du Bénéfice, & en fut
exclus fous un prétexte auffi fri-
vole qu'humiliant. Piqué au vif d'un
tel affront, il abandonne fon état, &
fe brouille avec fa famille, qui l'abandonne à fon tour. Il revient à Paris
dénué de tous fecours. Après y avoir
traîné pendant quelque tems une vie
affez déplorable, il y tombe malade
fans autre reffource que l'amitié

d'une Demoiselle qui le retira & prit foin de lui ; prévoyant, comme je le penfe, que fes peines auroient un jour leur récompenfe. En effet le tems s'écoula, la penfion vint fe joindre aux frais de maladie, & il fallut époufer pour acquitter l'un & l'autre. Cette Demoifelle avoit peu de bien. Elle étoit jolie. Mais qu'un homme d'efprit fe dégoute bientôt d'une perfonne qui n'a que de la figure ! Cependant M. N. ne tarda pas à fe faire connoître ; fon Cabinet fournit amplement à la fubfiftance de fon ménage. Son pere, riche lui-même, le voyant travailler, fe relâcha de fa févérité. On propofe des partis, des établiffemens avantageux. Son fils qui eft lié fecretement ne peut que les refufer : & il fe voit par-là réduit à mener jufqu'à la

mort de fon pere, la vie toujours
pénible d'Auteur. Cette réflexion
le promene de degrés en degrés fur
la chaîne de fes malheurs, & lui
fait regarder le refus du Canonicat
comme leur premiere & unique
caufe. La plaie de fon cœur fe r'ouvre alors. Il prend la plume, il attaque la Religion de tous fes efforts. Il
lance fur fes Miniftres les traits de fa
vengeance & de fa fureur. Tous les
regrets que fon Chapitre lui marque
de l'avoir offenfé, ne peuvent cal-
mer fon reffentiment. Mais ce
qu'il y a de plus fâcheux, c'eft que
les moyens qu'il a pris pour fe ven-
ger, lui ferment de nouveau toutes
les portes de la fortune qu'un mérite, comme le fien, n'auroit pas
manqué de s'ouvrir.

Enfin le caractére & le tempérament ont beaucoup de part dans les opinions que nous embraſſons. P... eſt inſinuant , malin , ingrat , envieux , impie, orgueilleux , hypocrite. Il ne ſaut que jetter les yeux ſur ſon Ouvrage pour ſentir la conformité de ſes ſentimens avec ſon caractére. On y trouve à chaque page un mépris décidé pour la Religion. Une foule de ſophiſmes dont il appuye la loi naturelle de maniere à faire entendre qu'il n'admet aucune ſorte de culte ; une apparence de candeur & de vertu , qu'il n'affecte que pour en impoſer aux Lecteurs ; une apologie des mieux marquée du brigandage & de la friponnerie ; l'impunité des plus grands crimes ; des portraits où il s'éfforce de rendre odieux des perſonnes du premier mérite, ou qui ſont reſpecta-

bles, ne fut-ce que par les places
qu'ils occupent. Enfin on y trouve
le devoir des enfans envers leurs
peres & meres reftraint au fimple
refpect ; & la tendreffe qu'on auroit
pour eux , s'ils n'avoient pas fait
tout le bien qu'ils pouvoient faire,
y paffe pour un attachement ftupide
& déplacé. Peut-il y avoir rien de
facré pour un tel homme apès cela ?

J'ajouterai ici pour te convaincre
plus pleinement de la vérité de cette
derniere raifon , le fentiment de M.
l'Abbé de Condillac, qui eft parfai-
ment femblable au mien, quoique
mieux développé fans doute. Voici
fes termes : » Un efprit naturelle-
» ment doux, bienfaifant adoptera
» les principes qu'on tire de la bonté
» de Dieu , parce qu'il ne trouve
» rien de plus grand, de plus beau

» que de faire bien. Ainsi ce doit
» être là le premier caractére de la
» Divinité, celui auquel tout doit
» se rapporter. Un autre dont l'ima-
» gination est grande, les idées sont
» relevées, aimera mieux les prin-
» cipes qu'on emprunte de l'ordre
» & de la sagesse, parce que rien ne
» lui plaît davantage qu'un enchaî-
» nement de causes à l'infini, & une
» combinaison admirable de toutes
» les parties de l'Univers, le mal-
» heur de toutes les créatures dût-
» il, en être une suite nécessaire. En-
» fin un caractére sombre, mélanco-
» lique, misantrope, odieux à lui-
» même & aux autres, auroit du
» goût pour ces mots, *Destin*, *Fa-*
» *talité*, *Hasard*, *Nécessité*, parce
» qu'inquiet, mécontent de lui & de
» tout ce qui l'environne, il est obli-

» gé de fe regarder comme un objet
» de mépris & d'horreur, ou de fe
» perfuader qu'il n'y a ni bien, ni
» mal, ni ordre, ni défordre. Peut-
» il héfiter ? Sageffe, vertu, hon-
» neur, probité, voilà de vains
» fons. *Deftin, fatalité, hafard, né-*
» *ceffité*. Voilà fon Syftême.

A propos de Spinofa, cher....;
ce Philofophe fait affez de bruit
dans le monde, pour que je penfe
qu'un abregé de fa vie & de fon
Syftême, dont tant de gens parlent
fans l'entendre, te fera quelque plaifir à lire. Je t'envoierai l'un & l'autre par les ordinaires fuivans, ainfi
que la réfutation de ce Syftême.
Si par hafard il te venoit à l'efprit
de m'adreffer une objection que j'ai
oui faire plus d'une fois par des
gens qui prétendent qu'il vaut mieux

laiſſer les erreurs dans le ſilence &
l'oubli, où le tems les enſevelit in-
ſenſiblement, que de les réveiller,
parce, diſent-ils, qu'on les rappelle
à des eſprits qui n'y penſoient plus,
parce qu'elles en peuvent ſéduire
d'autres, qui n'ont pas toutes les lumieres ſuffiſantes pour démêler le
vrai d'avec le faux : Enfin parce que
les eſprits forts peuvent tirer parti
de la Critique même, ſoit en ce
qu'elle peut leur fournir directement
de nouvelles idées, ſoit en ce qu'elle
peut les engager à de nouveaux
efforts. Je vais répondre à cette
objection avant de fermer cette Lettre. Je prendrai pour cela tous ces
parce que l'un après l'autre.

1º. Parce que, dit-on, l'on rappelle le ſouvenir de ces erreurs à
des perſonnes qui n'y penſoient plus.

Je ne vois pas qu'il y ait un grand malheur à cela. Avoir oublié une erreur prouve le peu d'impreſſion qu'elle a faite ſur l'eſprit , & par conſéquent qu'il y a peu de danger à l'en faire reſſouvenir. Car nous perdons la mémoire des choſes , ou parce que nous avons gliſſé trop légérement ſur elles , & alors une plus ſérieuſe attention ne peut que rendre l'erreur plus manifeſte & plus ſenſible , ou enfin parce que nous les avons jugées futiles ou odieuſes. Si nous les avons cru de peu d'importance, il n'y a dans un tems comme dans l'autre qu'un parti à prendre, de les négliger toujours : ſi elles ſont odieuſes, plus on y reviendra, plus on en concevra de mépris. Ainſi il n'y a rien à craindre d'une nouvelle réſutation pour la première espéce de personnes dont on parle.

2°. Elle ne peut pas nuire davantage à la seconde peu éclairée, comme on la suppose. En effet, ou expose un mauvais Système, de maniere que les principes sont tellement rassemblés & enchaînés l'un à l'autre, qu'il est presqu'impossible de les entendre sans les décomposer, & sans briser, pour ainsi dire, cette chaîne de conséquences ; ce qui demande une habileté & une intelligence peu communes. Ou ces principes sont déduits dans un ordre propre à en faire appercevoir toute l'absurdité, parce qn'on les accompagne de toutes les fausses conséquences que l'Auteur en tire, & qu'on les fait suivre de leur critique, qui en est comme le contre-

poifon. Si dans le premier cas l'a-
brégé d'un Syftême abftrait n'eft
intelligible que pour les Sçavans ;
fi dans le fecond on y répand une
lumiere qui diffipe les ténébres de
la plus épaiffe ignorance , il eft conftant que ni l'extrait ni la réfutation
ne peuvent être d'aucun préjudice
pour les efprits foibles.

En troifiéme lieu , quant à ce qu'on
dit que les efprits forts mettent la
critique d'un faux Syftême à profit
en y puifant de nouveaux moyens
de défenfe, cette raifon ne me paroît
pas mieux fondée que les premieres.
Quelque mince que foit la Critique ,
elle peut tout au plus ouvrir quelques
fauxfuyans, quelques mauvais dé-
tours à fes Adverfaires, à l'aide
defquels je conviens même , fi on
le veut encore, qu'ils peuvent pa-

rer les coups pour un tems. Mais
il n'est pas de longue durée. Leurs
foibles font si visibles, qu'il leur est
impossible de se couvrir de tous
côtés ; & le terrein qu'il semble
gagner ne sert qu'à mettre leur dé-
faite & leur honte dans un plus
grand jour. Enfin les nouveaux efforts que les partisans d'une erreur
font à l'occasion d'une Critique,
ne peuvent avoir aucune consé-
quence. Ils me donnent l'idée de
gens assiégés qui approcheroient le
moment de leur ruine, par une fortie où ils emploieroient toutes leurs
forces, dans un tems où leurs ennemis réellement plus puissans, sem-
bleroient avoir rallenti leur attaque. Ou de ces bêtes venimeuses
qui, dans leurs combats contre d'autres qui leur font supérieurs en force

ou

ou en venir, redoublent leurs coups,
s'épuifent & fe donnent la mort eux-
mêmes, pour vouloir profiter d'une
indolence apparente, mais qui n'eſt
que l'effet du mépris que leurs ennemis font d'eux. Les plus grands
efforts ne peuvent rendre bonne une
caufe mauvaife, & une défenfe opi-
niâtre met le comble à la gloire du
vainqueur.

A ces raifons particulieres j'ajouterai quelques réflexions générales, qui
appuyeront encore mon fentiment.
Les Syſtêmes dangereux le deviendroient bien davantage s'ils n'étoient
pas combattus. Combien de gens
qui les approuvent en fecret, & les
adopteroient fi l'on n'avoit pas eu
foin d'en découvrir les ridicules fo-
phifmes ? Combien les rejettent &
les déteſtent, qui n'auroient pû en

II. Partie. K

connoître le poison par eux-mêmes,
& s'en garantir ? Combien en rece-
vant un principe, dont ils ne sentent
pas les conséquences, auroient peu-à-
peu admis le Systême entier, dans la
certitude que ce qu'ils n'auroient pas
entendu, ne pourroit être moins
bon que ce qu'ils auroient compris ?

D'ailleurs quelle carriere pour le
libertinage d'esprit ? Quels ravages
ne cause point un torrent qui court à
travers les campagnes sans obstacles,
sans opposition ? N'est-ce pas recon-
noître la prééminence de l'erreur
sur la vérité que de ne point troubler
ses progrès ? Mais pourrois-tu m'objecter encore, cher. . . . ceci prouve
la nécessité de combattre ces systê-
mes dans les premiers momens de
leur apparition, & rien de plus. Je
réponds à cela, qu'on a beau s'op-

pofer aux erreurs dans leur origine, on ne les déracine jamais entierement, & on eſt tout étonné de les voir revivre quand on y penſe le moins ; on eſt donc obligé d'en venir aux mains de nouveau. Le Syſtême de Spinoſa, tout abſtrait, & tout haſardé qu'il eſt, a été réfuté avec force dans le commencement. Cependant comme les Critiques & les Réfutations ſont des Ouvrages qu'on lit peu, & à qui on ne donne qu'une attention fort légere, elles n'ont pas empêché pluſieurs Auteurs d'adopter les ſentimens de Spinoſa ; d'où je conclus qu'il eſt bon de multiplier les Réfutations de ces ſortes d'Ouvrages, à proportion qu'ils ont peu de Lecteurs, à la maniere des Charlatans qui diſtribuent deux ou trois mille de leurs adreſſes, pour

recevoir deux ou trois cens vifi-
tes tout au plus. Ajoutez à tout
ceci que les Antifpinofiftes fe font
trop attachés aux termes de l'Art ;
ce qui eft caufe qu'il faut abfolument être verfé dans la Métaphify-
que pour les fuivre dans leurs raifonnemens. Et il me femble que
puifqu'il ne faut pas être fçavant
pour entendre Spinofa, du moins
dans les points effentiels de fa Morale, on ne devroit pas l'être plus
pour concevoir fes Antagoniftes.
C'eft ce que je me propofe, comme
je crois te l'avoir dit plus haut, dans
la Réfutation que je t'ai promife. Si
le fuccès ne répond pas à mon envie, j'efpere qu'au moins tu me fçau-
ras gré de la tentative.

Adieu, cher.....

LETTRE XX.

Vie de Spinosa.

MON CHER....

Il me semble que si l'Histoire nous conserve les faits mémorables des grands Hommes comme des modéles & des guides, qui doivent nous servir de régles dans toutes les actions de notre vie, il n'y a pas moins de fruit à tirer du tableau qu'elle nous présente de ceux qui ne se font signalés qu'en faisant le mal en général. C'est dans cette vûe, mon cher.... que je t'envoye la vie de Spinosa. A peine sa langue fut-elle déliée, qu'elle proféra des impiétés. Les blasphêmes furent les jeux de son

berceau. Mais les difgraces qu'il
éprouva dès fa tendre jeuneffe, furent le prix de fes facriléges.

Spinofa nâquit à Amfterdam le
24. Novembre de l'année 1632. de
parens Juifs, Portugais d'origine,
qui le nommerent *Baruch.* Il changea
dans la fuite ce nom en celui de
Benoift, comme on le voit par les
Lettres qu'il figna. Il avoit deux
fœurs, dont la plus jeune, Miriam
de Spinofa, époufa Samuël Carceris, auffi Juif Portugais. Elle en eut
Daniel Carceris, qui fe porta pour
un des héritiers de Spinofa après fa
mort. On ne trouve point que Re-
becca l'aînée ait été mariée. On
reconnut bientôt dans Spinofa l'imagination la plus vive, & l'efprit le
plus pénétrant. Il propofoit des difficultés aux Rabins, & feignoit d'ê-

tre content de leurs réponfes, & les
écrivoit. Mais le peu de fondement
& de folidité qu'il y trouva dans la
plûpart, le dégoûterent bientôt de
la Bible. Croire aveuglement ces
Livres, c'eft, difoit-il, trop aimer
les vieilles erreurs. Il lut le Talmud,
& n'en conçut pas une meilleure
opinion. Il eut pour Maître dans
l'étude de ce dernier Livre Morteira,
le moins ignorant des Rabins de fon
tems, qui ne put refufer fes fuffrages à la capacité de fon Difciple ;
mais qui preffentit dès-lors que Spinofa ne feroit qu'un Athée, qui
cherchoit par des déhors trompeurs
de modeftie & de rigidité de mœurs,
à fe faire une réputation qui le mît
à couvert des imputations aufquelles
il s'attendoit. Il fut bientôt confirmé
dans cette idée par une converfation

que Spinofa eut avec deux de fes
Amis, & qui fit beaucoup de bruit.
C'étoit deux jeunes Juifs comme lui.
A en croire Moyfe & les Prophêtes,
dit l'un d'eux, je ne vois point qu'il
y ait d'êtres immatériels. Que vous
en femble, continua-t-il, en s'adref-
fant à Spinofa? Dieu a-t-il un corps,
y a-t-il des Anges, l'ame eft-elle immortelle? J'avoue, dit Spinofa, que
ne trouvant rien d'immatériel ni
d'incorporel dans la Bible, il n'y a
nul inconvénient de croire que Dieu
foit un corps, d'autant plus que Dieu
étant grand, *Pf. 45. 2.* il eft impoffible de comprendre une grandeur fans étendue, ni étendue fans
corps. Pour les efprits, c'eft toujours Spinofa qui parle, l'Ecriture
ne dit point qu'ils foient des fubftances réelles, mais de fimples phan-

tômes, nommés Anges, parce qu'ils
annonçoient la volonté de Dieu.
De même partout où l'Ecriture parle
de l'ame, ce mot se prend simple-
ment pour exprimer tout ce qui est
vivant. Il seroit inutile de chercher
de quoi appuyer son immortalité,
pour le contraire il n'y a rien de plus
aisé que de le prouver.

Le bruit de cet entretien parvint
jusqu'à la Synagogue, qui somma
Spinosa d'y comparoître, pour rendre compte de sa foi : il s'y rendit en
effet ; mais n'ayant pas de meilleure
raison en sa faveur que la négative,
il s'y tint fermement. On rompit
l'Assemblée, & le Jugement fut remis à un autre jour, afin que Spinosa pût penser à sa défense pendant cet intervalle. Ce tems s'étant
passé inutilement, on choisit un jour

pour l'excommunier. Bien loin de
s'en effrayer, » à la bonne heure, dit-il,
» je me retirerai, mais avec cette con-
» folation, que ma fortie fera plus in-
» nocente que celle des Hébreux hors
» de l'Egypte, quoique ma fubfiftance
» ne foit pas plus affurée que la leur.

   Spinofa fçavoit l'Hébreu, l'Italien,
l'Efpagnol , l'Allemand , le Flamand
& le Portugais ; mais il ignoroit
le Latin & le Grec. Un Maître Allemand lui donna les premiers principes du premier ; & Vanden Ende,
qui enfeignoit l'un & l'autre avec
fuccés , le perfectionna. Je préfume
que c'eft fous ce Maître que Spinofa prit les premieres idées de l'A-
théifme ; car on découvrit que ce
Vanden Ende l'enfeignoit à fes Eco-
liers , ce qui le fit chaffer d'Amfterdam. Il paffa en France , y exerça

la Médecine, & y fut pendu pour avoir attenté à la vie de Monseigneur le Dauphin, disent quelques-uns. Mais l'opinion la plus commune est que Vanden Ende avoit tâché de faire soulever un Province de France, pour occuper le Roi à cette affaire & délivrer les Provinces-unies de l'oppression où elles étoient alors. Quoi qu'il en soit, si Vanden eût attenté à la vie du Dauphin, il eût assurément expié son crime d'une autre maniere.

Ce Vanden Ende avoit une fille mieux faite que belle, mais qui avoit de l'esprit & de l'enjouement, qui sçavoit parfaitement la Langue Latine & la Musique. Spinosa l'aima, & voulut l'épouser. Mais un certain Kerkering de Hambourg fit pancher la Belle de son côté par le moyen

d'un collier de perles de deux ou trois
cens piftoles, dont il fçut affaifon-
ner fes fleuretes.

Spinofa prit fon parti en Philofophe, & s'attacha pendant quelque tems pour fe diftraire, à l'étude de la Théologie qu'il quitta bientôt pour fe livrer à la Phifique. Les
Œuvres de Defcartes lui tombe-
rent alors entre les mains, & il a
fouvent répeté qu'il leur devoit toutes les connoiffances qu'il avoit ac-
quifes en Philofophie. Il tira du principe de Defcartes qui établit qu'on
ne doit rien recevoir pour vérita-
ble que fur de bonnes & de folides
raifons, cette conféquence contre
les Rabins qu'il aimoit moins que
jamais : que leur Doctrine & leurs
principes ne pouvoient être admis
par un homme de bon fens, puif-

qu'ils étoient l'ouvrage des Rabins eux-mêmes. Ce qui les irrita extrêmement, car ils ne doutoient point qu'il ne dût les abandonner, & embraſſer le Chriſtianiſme ; mais ils ſe trompoient dans cette derniere conjecture. Spinoſa ne quittoit pas une Religion pour en prendre une autre ; ſon Syſtême étoit de n'en avoir aucune. Il eu des converſations avec des Memnonites & des perſonnes des autres Sectes Chrétiennes ; mais il s'en eſt tenu là.

On trouve dans une vie de Spinoſa traduite en Flamand par François Halma, que les Juifs lui offrirent une penſion de cent florins, pour l'engager à reſter parmi eux, & ſe faire voir de tems en tems dans les Synagogues, mais qu'il répondit que de ſemblables motifs ne

pouvoient le déterminer, & que la
vérité étoit tout ce qu'il vouloit.
Bayle rapporte que Spinofa reçut
un jours en fortant de la Comédie
un coup de couteau au vifage, d'un
Juif qui avoit deffein de le tuer.
Mais Vander Spych, Hôte de Spinofa, a raconté cette avanture autrement, & de la maniere que Spin-
fa la lui a dite lui-même. Ce Philofophe, prétend-il, fortant un jour de
la vieille Synagogue Portugaife, fut
pourfuivi de quelqu'un arme d'un
poignard. Il évita le coup qui porta
feulement fur fes habits. Il ajoute
que Spinofa les garda long-tems per-
cés de ce coup en mémoire de cet
événement. Dès-lors notre Philofophe ne fongea plus qu'à fortir d'Amfterdam, & à fe retirer dans quelque
lieu tranquille où il pût pourfuivre
fes recherches phifiques.

Spinofa s'étant ainfi féparé des
Juifs, ils fulminerent contre lui l'ana-
thême *Schammata* , la plus terrible
de leurs excommunications. Il n'é-
toit pas préfent à cet acte ; on le
lui fit fignifier par écrit, & il y fit
une réponfe en Efpagnol qu'il adreffa
aux Rabins. Il apprit enfuite de fa
défertion , & moins par un refte
d'attachement pour la la Loi Judaï-
que , que par la néceffité où il fe
voyoit de fubfifter par fon travail,
le métier de Poliffeur de verres pour
les lunettes & autres chofes femblables. Il apprit auffi le Deffein où
il réuffit affez bien à faire des portraits à l'encre ou au crayon. Il a
fait le fien entr'autres fous la forme
d'un Pêcheur en chemife , avec un
filet fur l'épaule droite , & dans une
attitude pareille à celle du fameux

Maffanielle, Chef des Rebelles de
Naples. Spinofa eut encore un démêlé avec les Rabins, dont les Miniftres Réformés prirent connoiffance, & l'accufé fut exilé pour
quelques mois. Il fe retira à Auver-
kerke, & en 1664. à Rhymsbourg
où il s'adonna tout entier à la Philofophie : il quitta encore ce lieu
pour paffer à Woorburgt en 1665.
Enfin il s'établit à la Haye, où il de-
meura jufqu'à fa mort.

Il étoit fort fobre; il avoit les traits
du vifage bien proportionnés, la
peau un peu brune, les cheveux frifés
& noirs, les fourcils longs & de même couleur. Il s'habilloit toujours
fimplement ; un homme de rang le
vint voir un jour, le trouva en robe
de chambre affez mauvaife, & lui
en offrit une. *Il eft contre le bon fens,*
lui

lui répondit Spinofa, *de mettre une en-*
veloppe précieufe à des chofes de néant
ou de peu de valeur. Cette réponfe
ne s'accorde point avec ce qu'en
dit un de fes Amis, qui a écrit fa
vie. *Il étoit,* felon lui, *extrémemement*
propre. Il ne fortoit jamais qu'il ne
parût en fes habits, ce qui diftingue
d'ordinaire l'honnête homme du Pédant.
Ce n'eft pas, difoit Spinofa lui-même, *cet air mal propre* & négligé qui
nous rend fçavans. *Cette négligence*
affectée au contraire *eft la marque d'une*
ame baffe, où la fageffe ne réfide point,
& où les Sciences ne peuvent trouver
qu'impureté & corruption. En effet
quelques précieufes que foient les
étoffes dont on couvre le corps,
elles font toujours de moindre prix
que lui.

Au refte fa maniere de vivre étoit

II. Partie. L

tranquille. Sa converfation douce & modefte. Il commandoit à fes paffions. On ne l'a jamais vû poffédé d'une joie, ni d'une trifteffe immodérées. Il renfermoit les déplaifirs qui lui furvenoient en lui-même; & quand il lui arrivoit d'en faire paroître du chagrin au dehors, il fe retiroit fur le champ. Enfin il étoit d'un commerce aifé & liant, jufques-là qu'il s'amufoit quelquefois à chercher des araignées qu'il faifoit battre enfemble, ou des mouches qu'il embarraffoit dans leurs toiles, & regardoit enfuite les efforts qu'elles faifoient pour s'en tirer, & même en éclatoit de rire. Il étoit défintéreffé, & a refufé plufieurs legs qui lui avoient été faits.

M. le Prince de Condé, qui étoit alors à Utrecht, defira, dit-on, d'a-

voir une converſation avec Spinoſa , & lui envoya un Paſſeport pour
le venir trouver ; mais le Prince
étoit ſorti de cette Ville avant ſon
arrivée. M. de Luxembourg qui
avoit pris ſa place , lui fit un bon
accueil. A ſon retour à la Haye il
manqua d'être lapidé du peuple qui
le regardoit comme un eſpion qui
avoit des intelligences avec l'Ennemi ; mais l'émeute n'eut pas de ſuite. Ce fut vers ce tems - là que
Charles - Louis Electeur Palatin fit
propoſer à Spinoſa par Fabricius ,
grand Théologien , & l'un de ſes
Conſeillers , de venir à Heydelberg
enſeigner la Philoſophie avec une
pleine liberté , dont pourtant il ne
devoit pas ſe ſervir contre la Religion reçue. Cette clauſe n'accom-
moda point le Philoſophe ; il fit ré-

ponfe à Fabricius, & refufa civile-
ment fes offres, fous divers prétex-
tes, mais en effet à caufe de cette
feule condition, comme on peut le
voir. * Venons à fes Ecrits.

Bayle avance que Spinofa avoit
écrit en Efpagnol l'apologie de fa fortie de la Synagogue, & que cet Ouvrage n'a jamais été imprimé; mais il
y a même lieu de croire qu'il n'a jamais été fait. En 1664. parurent *fes
principes de Defcartes, démontrés géométriquement*, & peu de tems après
fes Méditations métaphifyques. Ce fut
en 1670. qu'il publia fon Traité
Theologico-politique. Spinofa s'en
avoue l'Auteur dans fa deuxiéme

* Cogito deinde me nefcire quibus limiti-
bus libertas illa philofophandi intercludi
debeat, ne videar publicè ftabilitam Reli-
gionem perturbare velle. V. œuvr. poft. pag.
363. Ep. 54.

Lettre à M. Oldenbourg. Cet Ouvrage paroît avoir été imprimé à Amfterdam chez Chriftophe Conrad,
quoiqu'il y ait là-deffus plufieurs opinions que je ne me mettrai point en
peine de concilier. On en a fait
une traduction en Hollandois, que
l'on attribue à Jean Hendrikzen Gla-
zemaker. Philopater fait un fi grand
cas de cet Ouvrage, qu'il femble qu'il
n'y a jamais rien eu de pareil. Aard
Wofgrik, qui imprima la fuite de la
vie de Spinofa par cet Auteur, en
fut puni, comme il le méritoit, &
enfermé dans la maifon de correc-
tion pendant quelques années. Belle
leçon qui prouve, on ne peut pas
mieux, combien on eftime les principes erronnés, même dans un Pays
où l'on peut tout écrire & tout imprimer, pourvû qu'on n'attaque pas le

Gouvernement. Enfin divers autres Ecrits parurent après la mort de Spinofa en 1677, qui fut aussi celle qu'il mourut. Cet Recueil contient cinq Traités : Le premier est une Morale démontrée géométriquement. Le second, un Ouvrage de Politique. Le troisiéme traite des moyens de rectifier l'entendement. Le quatriéme, un volume de Lettres & de Réponses. Le cinquiéme, un Abregé de Grammaire Hébraïque. Je t'entretiendrai plus au long, selon ma promesse, du Traité de Morale.

Je pourrois ici faire une longue liste de tous ceux qui ont travaillé à refuter les principes de Spinofa; il y a eu peu de Théologiens habiles qui ne s'en soient fait un devoir; mais cette érudition seroit déplacée. Tu admirerois peut-être ma patience ; & à coup sûr tu dirois en toi-même que j'aurois très-bien fait de me l'épargner.

On rapporte diversement la manière dont Spinosa mourut. On trouve dans le Menagiana , imprimé à Amsterdam , que Spinosa étoit mort de la peur qu'il avoit eue d'être mis à la Bastille , ce dont M. de Pomponne , Ministre zélé pour la Religion, le menaçoit; & que Spinosa, en ayant eu avis, se sauva de France en habit de Cordelier. Ceci n'est qu'un tissu de fables. Spinosa n'a jamais été en France , quoique des personnes de distinction ayent voulu l'y attirer: il disoit qu'il n'espéroit pas d'avoir jamais assez peu de jugement pour faire une telle folie. Voici les circonstances de sa mort telles que son

Hôte lui-même les a rapportées.
On ne penſoit pas que Spinoſa fût
ſi près de ſa fin. Le 20. Février il
deſcendit de ſa chambre, & conver-
ſa avec ſon Hôte ; il en fit autant
le 21. qui etoit un Dimanche. C'eſt
ce jour là même qu'un Médecin qu'il
avoit fait venir d'Amſterdam , fit
acheter un vieux coq , dont Spinoſa
prit un bouillon ſur le midi : ceux
du Logis étant de retour du Sermon
ſur les trois heures, le trouverent
mort.

Quant à ce qu'on dit qu'il proféra le nom de Dieu , & qu'il répondit que c'étoit par coutume , &
qu'il prit de la poudre de Mandra-
gore, je le prens pour un conte fait
à plaiſir , parce qu'il n'eſt point fait
mention de cette poudre ſur le mémoire de l'Apoticaire , & qu'il n'y

avoit que le Médecin qui fût dans
fa chambre quand il mourut. Que
penfer néanmoins de ces termes
d'un Ami de Spinofa ? Il a regardé
» la mort d'un œil intrépide, com-
» me s'il eût été bien aife de fe fa-
» crifier pour fes ennemis, afin que
» leur mémoire ne fût pas fouillée
» de fon parricide. » N'en conclue-
roit-on pas que fa mort n'a pas été
naturelle ? Ces prétendus Héros
cherchent à s'étourdir eux - mêmes
dans ce moment redoutable à tous
les hommes, encore plus à l'impie
qu'à l'homme vertueux. Le corps
fut porté en terre à la Haye dans
la nouvelle Eglife fur le Spuy, le
25. Février 1677. Il étoit mort le 21.
du même mois, comme je crois
l'avoir déja dit, âgé de 44. ans 2.
mois & 27. jours.

LETTRE XXI.

*Idée générale du Syflême de Spinofa,
& de fes principales connoiffances.*

MON CHER......

Toute la morale, & par conféquent toutes les erreurs de Spinofa
font contenues dans la premiere partie de fon Etique. Elle eft en quelque forte la bafe & l'abrégé de tous
fes autres Ouvrages, qui n'en font
que les conféquences néceffaires.
Elle eft traitée en forme de démon-
ftrations géométriques : titre faf-
tueux qui ne fournit rien moins que
ce qu'il annonce. Voici l'analyfe du
Syflême de ce Philofophe.

Sur les notions de la fubftance,

de l'attribut , du mode, de Dieu , & de l'infini que Spinofa définit à fon gré , il prétend démontrer qu'il n'y a qu'une fubftance néceffaire , indivifible , infinie, dont tous les autres êtres que nous appellons auffi des fubftances, ne font que les modifications de la fubftance proprement dite , qui n'eft autre chofe que Dieu lui-même. De-là Spinofa tire ces propofitions.

1°. Que tout ce qui exifte réellement & pofitivement découle de cette fubftance , & lui appartient comme modification d'elle-même. 2°. Qu'elle eft infinie en tous fens , & qu'ainfi elle a une infinité d'attributs. 3°. Que le fujet de l'étendue & celui de fa penfée font ou fes attributs, ou les manieres d'être de fes attributs. 4°. Que tout ce

qui exifte, ne font que des acci-
dens ou des modifications des attributs de cette fubftance. Que toutes les créatures font formellement
en Dieu, & ne peuvent ni être,
ni fe concevoir fans Dieu. Que
cette fubftance eft la fource féconde
qui produit tout par la néceffité de
fa nature ; & que tout ce qui peut
tomber fous la penfée n'eft qu'un
écoulement inévitable de la nature
de cette fubftance. De cette derniere propofition il conclud encore
que Dieu agit auffi néceffairement
qu'il exifte. Ce qu'il appelle néanmoins agir comme une caufe libre
& indépendante. Que Dieu n'opére
point par une volonté qu'il dirige
à fon gré, & qu'il ne peut faire que
ce qu'il fait. Que fa puiffance n'eft
autre chofe que fon effence même.

Et qu'ainfi tous les effets de fa puiffance exiftent auffi néceffairement
que ce qui découle de fon effence,
Que Dieu produit tout en lui &
rien hors de lui. Que l'exiftence
des chofes eft auffi néceffaire que
leur effence. Que tous les êtres
particuliers font, l'un après l'autre,
déterminés par des caufes particulieres & finies, & vont ainfi de
caufes en caufes jufqu'à l'infini par la
néceffité de la nature Divine. De-là
il infére encore que toutes les créatures ont été produites dans le feul
ordre, & de la feule maniere qu'elles pouvoient l'être, & qu'un autre
arrangement eft auffi impoffible
dans l'Univers que la plûralité des
Dieux. Que toute volonté quelle
qu'elle foit, infinie, ou non, eft
une caufe néceffaire, contr... &

nullement libre. Que c'eſt erreur &
pur préjugé que de croire que Dieu
& les hommes n'agiſſent jamais ſans
ſe propoſer une fin ; que Dieu ait
tout fait pour l'homme , & l'homme pour qu'il l'honorât comme ſon
auteur. Que ces préjugés n'ont eu
lieu que parce qu'on ſent bien que
l'on veut ce qu'on veut , mais point
du tout les cauſes qui nous font
vouloir. Que ces préjugés ont dégénéré en ſuperſtition , en faiſant
inventer pluſieurs cultes ou manieres de ſervir Dieu , pour ſe le rendre favorable , & le prier de ſou-
mettre toute la nature à nos ordres
& à nos beſoins. Que lorſqueDieu ne
paroiſſoit pas être propice aux hommes , ils attribuoient les malheurs
qui leur arrivoient , à la colere où
leurs offenſes avoient mis la Di-

vinité. Que de-là sont nés ces sots préjugés de bien & de mal , de mérite & de démérite, de louange ou de blâme , de justice & d'injustice, ou de péché , d'ordre & de confusion , de laideur & de beauté qu'il appelle encore *notions fausses* , qui, selon lui, ne marquent nullement la nature des choses , mais seulement la constitution du cerveau de ceux qui prononcent ces mots. Qu'enfin, comme je l'ai déja dit , la nature ne se propose nulle fin : que toutes les causes finales ne sont que des chimeres & des inventions de l'imagination.

J'ajouterai à ce précis de la premiere partie de l'Etique de Spinosa , ce qu'il dit dans les autres de la nature & de l'immortalité de l'ame , pour te donner sous un seul point de vûe toutes les sources de ses erreurs.

Je n'ai rien vû de ma vie de plus singulier que ce Systême sur l'immortalité de l'ame. Tu vas en juger toi-même. Selon Spinosa, l'ame des ignorans est mortelle ; mais celle des Philosophes, des gens éclairés est moitié mortelle, moitié immortelle, meurt & ne meurt point. Pour faire entendre ce paradoxe, il soutient que l'ame ou l'esprit de l'homme est *l'idée que Dieu a du corps humain comme existant*, & qu'ainsi l'ame qu'on appelle raisonnable, est *une partie de l'entendement infini de Dieu.* Il assure encore que tous les autres corps dont Dieu a l'idée, comme du corps humain, sont animés dans des degrés différens, parce que les idées sont plus

ou

ou moins parfaites selon que les objets ont plus ou moins de perfections.

Il suit de ce principe que dès que
le corps humain est détruit, Dieu
ne le peut voir comme existant ;
que l'ame est détruite comme lui,
& que l'un & l'autre meurent.

L'ame est donc mortelle. Spinosa
va plus loin : elle meurt autant de
fois qu'il arrive des changemens
dans le corps humain ; parce que
selon lui, *le corps humain meurt au-*
tant de fois que ses parties n'ont plus
entr'elles le même rapport de mouve-
ment & de repos qu'elles avoient aupa-
ravant , quoiqu'il retienne encore la
circulation du sang & les autres appa-
rences d'un corps vivant. Or comme
Dieu doit prendre une autre idée
de l'homme à chacun de ces chan-

II. Partie   M

gemens, l'ame qui est unie à son
corps devient différente aussi, &
cesse autant de fois d'être ce qu'elle
étoit. Cela n'est-il pas merveilleusement imaginé? Mais comme les
conséquences de ce Système pourroient allarmer, l'Auteur prend la
précaution de les adoucir, en di-
sant que Dieu voit toujours l'essence
d'un corps détruit. Que cette essence est une propriété de l'ame; & qu'il
n'y a, moyennant cela, qu'une partie
de l'ame qui périt. Peut-on rien de
plus surprenant que l'autre partie
de l'ame qui subsiste après la ruine
du corps, auquel elle étoit unie?
Mais voyons ce qu'il en fait dans
cet état. Il prétend que cette partie
est éternelle, d'une éternité abso-
lue, qui ne connoît ni commencement ni fin; & que cependant elle

ne conferve aucune idée, aucun reffouvenir de fon exiftence. Il ajoute
que cette exiftence n'eft que la plus
pure intellection de l'ame ; qu'elle
ne confifte que dans les idées les
plus claires, les plus diftinctes & les
plus intellectuelles. Que la mort
de l'ame eft d'autant moins à craindre que l'on a plus de facilité pour
fes fonctions. Et qu'ainfi, au lieu
que les efprits lourds où les enfans
meurent tout entiers & fans reffource, les fages, les Philofophes vivent
éternellement.

Voilà en peu de mots la Méta-
phyfique de Spinofa. Après l'avoir
lûe, il ne faut pas être grand con-
noiffeur pour juger des fentimens
de cet Auteur fur la Divinité. Venons aux conféquences de cette Mé-
taphyfique pour la Religion & pour

la Morale. L'Auteur nous dispense d'un long travail à cet égard, & les tire lui-même, soit dans sa Morale, soit dans ses Lettres, soit dans son Traité de politique.

Premierement il traite d'abus l'idée qu'on a de Dieu comme Législateur, ou comme Souverain qui fait exécuter ses loix par les peines dont il menace, & par les récompenses qu'il promet, ou comme bienfaisant, juste & miséricordieux. En effet tout cela suppose de la liberté dans les hommes & dans Dieu. Spinosa la leur refuse, donc ces attributs de la Divinité doivent être bannis de sa Morale. Aussi il ne manque pas d'assurer que c'est pour s'accommoder aux idées vulgaires que Jesus-Christ & les Prophêtes ont donné ces qualités à Dieu, & ont

fait des commandemens de fa part ;
mais que pour les gens capables , ils
leur ont enfeigné les chofes comme
vérités éternelles, c'eft-à-dire , comme Spinofa s'en explique lui-même
dans fa vingt - huitiéme Lettre , les
chofes mêmes & leurs manieres d'ê-
tre en tant qu'elles ont une effence &
une exiftence néceffaires , fans leur
en faire des préceptes *inomiffibles.*

2°. Il infére que la providence
& les volontés Divines ne confiftent
que dans l'ordre conftant & inal-
térable de la nature ; que Dieu gou-
verne tout felon les loix univer-
felles fans aucun égard aux loix particulieres de la nature humaine. Cela
ne fignifie autre chofe, comme tu
le peux voir , cher. . . . . que Dieu
n'eft qu'un être indiftingué de l'affemblage de toutes les parties de

la nature ; un être sans liberté , sans providence , sans but , sans choix , & qui est emporté par une nécessité aveugle & inévitable qui ne fait rien ; à qui tout échappe nécessairement, & aussi indélibérement qu'un torrent échappe à sa source.

3°. Non seulement l'Auteur nie les miracles, ce terme pris dans le sens théologique ; mais il soutient qu'on ne peut les admettre sans s'exposer à douter de tout , & à tomber dans l'Athéisme.

Il est surprenant que la créance aux miracles , qui ne sont que des événemens extraordinaires produits par une cause surnaturelle & divine , conduise à rejetter l'existence de la Divinité. Mais que penses-tu de voir Spinosa, l'Athée le plus décidé, se déclarer contre l'Athéisme?

Cependant son raisonnement est juste, eu égard à ses principes. Car si
les loix & l'ordre de ce qu'il appelle
nature, ne font que la nature même de Dieu, & une suite nécessaire
de son essence, on ne peut admettre de miracles sans renverser l'essence de Dieu même, & tomber
dans l'Athéisme. Mais il n'est pas
fort dangereux d'être Athée en ce
sens.

4°. Spinosa dit encore que le
droit naturel sous lequel tous les
hommes naissent, & qu'ils conser-
vent pour la plûpart, permet tout
ce qu'on désire & ce qu'on peut,
& ne défend que ce qu'on ne peut
obtenir, & ce dont on n'a aucune
idée. Ainsi il n'interdit, comme Spinosa le dit lui-même, ni la haine,
ni la colere, ni la fraude. L'on a

M iiij

droit fur tout ce qu'on peut fe procurer par force , par rufe ou par
prière , & qu'on peut fans crime
égorger pères , mères, fœurs, amis,
& généralement tous ceux qui s'op-
pofent à nos deffeins. Ce n'eft donc
pas à la raifon ou au fentiment à
régler la nature , ou à lui preferire
des bornes, mais à la cupidité , à
la puiffance de la nature (*a*) , c'eft-
à-dire , à ces loix aveugles & téméraires , felon lefquelles il veut que
toutes chofes fe faffent. Et ainfi
l'homme fait de plein droit tout ce
qu'il fait par ces loix (*b*). Si tu
trouves après cela quelque chofe
d'abfurde & de ridicule dans ce droit

(*a*) Hominum jus naturale non ratione
fed quocumque appetitu, quo ad agendum
determinatur. definiri debet.

(*b*) Quidquid unufquifque homo ex legi-
bus fuæ natura agit, id fummo naturæ jure
agit. Tract. poli. cap. 1.

naturel , Spinofa va te répondre que
cela vient de ce que *nous ne connoif-*
fons les chofes qu'en partie , que la
plûpart des combinaifons de l'ordre de
la nature nous font inconnues , & que
cependant nous voudrions ajufter tou-
tes chofes aux régles de notre foible
raifon : quoique dans la vérité ce qui
lui paroît mauvais & déréglé ne l'eft
nullement par rapport aux loix de l'or-
dre, & à celles de la nature univerfelle,
mais feulement par rapport aux loix
de notre propre nature. (*a*)

Mais pour fauver les fuites fâ-
cheufes qu'il ne peut nier qu'auroit
un pareil droit naturel , il dit qu'il
a fallu que tous les hommes s'en
démiffent en particulier pour le pof-
féder en commun dans la puiffance
des Souverains & des Magiftrats ;

(*a*) Tract. poli. cap. 2.

c'eft-là ce qu'il appelle l'origine des
trois efpéces de Gouvernement, la
Monarchie, l'Ariftocratie & la Dé-
mocratie. Il ajoute que c'eft par
cette démiffion que l'on a commencé
à parler de juftice & d'injuftice, de
péché ou d'obéiffance. C'eft encore,
felon lui, par un pareil renonce-
ment à notre droit, que nous avons
remis entre les mains de la Divinité, que le droit Divin a commencé ; qu'avant cette efpéce d'alliance il n'y avoit point de péché à
haïr Dieu ou fes femblables : la nature, dit-il, n'apprenant à perfonne
qu'on foit tenu d'obéir à Dieu, &
la raifon même n'en fçachant rien.

Il faut avouer que les hommes
font de grandes dupes, puifqu'ils
font impeccables, d'aller faire une
alliance avec Dieu qui les affujettit

au peché. Mais qu'eft-ce que l'on
entend par alliance ? J'entends moi,
un traité dans lequel on fe propofe
une fin qu'on regarde comme avan-
tageufe, & pour laquelle on s'en-
gage à de certaines conditions. Un
pareil traité fuppofe la liberté & le
pouvoir d'agir pour cette fin. Mais
fi les hommes & Dieu même ne
peuvent agir avec liberté, & pour
une fin, comme Spinofa le penfe,
quelle alliance les hommes peu-
vent-ils faire avec Dieu ?

Spinofa bannit donc abfolument
le péché dans quelque fens qu'on le
prenne. Car 1o. ou il eft une privation de la droiture & de la perfection qu'un acte réellement bon
exige. Et, felon notre Auteur, il
n'y a de droiture & de perfection
que dans notre façon de penfer,

mais point du tout par rapport à la nature Divine ; parce qu'il feroit abfurde que les chofes euffent plus de perfection que Dieu ne leur en a donnée, c'eft-à-dire, que ce qui fuit néceffairement de la Divinité & des loix immuables & conftantes de fa nature. Et qu'ainfi c'eft mal-à-propos qu'on dit d'un aveugle, par exemple, qu'il eft privé de la vûe, parce que la vûe ne lui eft pas plus propre, & ne lui appartient pas plus qu'à une pierre.

20. Ou le peché fignifie un acte contre les loix de la raifon : alors Spinofa répond que fi l'homme étoit obligé à fe conduire par ces loix, tous les hommes feroient dans la même obligation, parce que ces loix ne font autres chofes que Dieu même qui eft néceffaire & immua-

ble. Donc, felon le même Auteur, le droit naturel n'oblige pas plus l'emporté, le ftupide, l'ignorant à vivre felon la raifon, qu'un homme accablé de maladie n'eft obligé d'avoir une parfaite fanté.

Enfin, fi l'on entend par péché tout ce qui eft contraire à la volonté de Dieu, Spinofa répond toujours qu'il eft contradictoire qu'une chofe fe faffe contre la volonté de Dieu; parce que fa volonté eft confondue avec fon entendement, fon entendement avec fa nature, & que tout ce qui arrive n'eft qu'une fuite de cette nature.

Ainfi, felon le même Auteur, les plus grands crimes font auffi agréables à Dieu que les plus belles actions, les plus grands fcélérats que les plus gens de bien. Chacun

a fa perfection proportionnée à fon
eſſence, & l'eſſence de chaque être
eſt la même choſe que fa perfection.

Spinoſa n'admet ni récompenſe
ni ſupplice, & il regarde comme
des chanſons tout ce que la Foi
nous enſeigne du Paradis & de l'En-
fer. Cependant il ne parle que d'exercice de vertu, que de Loi de Dieu,
que de connoiſſance & d'amour de
Dieu, que de ſe ſauver & de ſe
perdre, que de bonheur & de malheur; mais il faut ſçavoir ce qu'il
entend partout cela. Agir par vertu,
dit-il, c'eſt agir ſelon les régles de la
raiſon. Mais ſi on lui demande ce
que c'eſt qu'agir ſelon les régles de
la raiſon, il répond que la raiſon
n'exige rien que ce que demande la
nature, c'eſt-à-dire, que l'une &

l'autre veulent qu'on *s'aime foi-mê-me*, *qu'on cherche en tout fon avan-tage*, *qu'on ne travaille qu'à la con-fervation de fon être propre*, & *qu'on ne defire rien que par rapport à cela.* Auffi Spinofa dit-il ailleurs que plus on travaille à fa propre conferva-tion, plus on cherche fes intérêts & fes avantages, plus on eft ver-tueux.

Voilà la vertu que Spinofa dit être fon propre prix, mais qui n'eft rien dans le fond que l'amour propre. Voila notre fin & notre fouverain bien. Ainfi l'homme eft à lui-même fon fouverain bien. Peut-on donner dans une penfée fi groffiere ? Spi-nofa l'a connue pour telle, ou je me trompe fort. Et c'eft fans doute pour y donner un adouciffement qu'il parle de la Loi Divine d'un ton un peu différent.

Car il dit que la *Loi Divine* n'a pour objet que le souverain bien, qui consiste en la connoissance & en l'amour de Dieu. Que la plus belle récompense qu'elle propose est d'aimer Dieu de tout son cœur. Et que ses plus grands châtimens ne font que dans la privation de cet amour, l'esclavage de la chair, la légéreté & l'inconstance. Ne nous laissons pas séduire à ce langage, Spinosa est toujours le même. Il ne faut pour s'en convaincre qu'examiner ce qu'il entend par cet amour de Dieu. Il dit qu'il est joint avec toutes nos passions. (*a*) Que les passions servent à l'entretenir. Que plus on les connoît clairement & distinctement, plus on aime

(*a*) Hic amor junctus est corporis affectionibus, quibus omnibus fovetur.

Dieu,

Dieu, (*a*) & comme on n'eſt guéres ſans paſſions, on peut auſſi toujours être dans l'amour actuel. (*b*)

Ce n'eſt pas tout : cet amour
nous eſt naturel & néceſſaire. Voici
les termes de notre Philoſophe.
» Quant à la Loi Divine, qui nous
» eſt naturelle, & dont le ſommaire
» eſt d'aimer Dieu, elle s'appelle
» Loi dans le ſens que les Philo-
» ſophes appellent Loix, les régles
» de la nature, ſuivant leſquelles
» toutes choſes ſe font néceſſaire-
» ment : car l'amour de Dieu n'eſt
» point obéiſſance, mais une vertu
» inſéparable de l'homme qui con-
» noît véritablement Dieu. »

(*a*) Qui ſe ſuoſque affectus clarè & diſ-
tinctè intelligit, Deum amat, & eò magis,
&c.
(*b*) Cum foveatur omnibus corporis affectionibus, mentem maximè occupare debet.
*Ethices p*ᵉ. 5. *Prop.* 15. *&* 16.

II. Partie.   N

Si l'on objecte à Spinofa que l'amour de Dieu étant comme néceffaire, il n'emporte aucun mérite avec foi, il répond que foit qu'il aime Dieu librement ou néceffairement, il aime toujours, & que cela lui fuffit pour être fauvé. (*a*)

Affurément fi nous fommes heureux à raifon du plaifir que nous fçavons nous procurer, l'amour des objets qui frappent nos fens eft bien plus touchant que cette efpece d'amour de Dieu dont parle Spinofa, il rend donc beaucoup plus heureux. Donc fi Spinofa rendoit aux hommes affez de liberté pour choifir, ils préféreroient certainement l'amour fenfuel; que dis-

(*a*) Sive Deum amem liberè, five ex néceffitate decreti, Deum tamen amabo, & falvus ero.

je, *rendoit la liberté!* moins ils en auront, plus le plaifir aura d'empire fur leurs cœurs. Donc ce ne feroit pas l'amour de Dieu, mais l'amour des objets fenfibles, qui *feroit une vertu inféparable de l'homme.*

Quant à la Foi, il dit que *ce n'eft autre chofe que d'avoir certains fentimens de Dieu, dont la connoiffance nous porte à lui obéir.*

On diroit que Spinofa faffe un cas réel & effectif de cette bienheureufe obéiffance; mais qu'on ne s'y trompe pas : elle n'eft, dit-il, que pour le vulgaire, & non pas pour les perfonnes éclairées qui fçavent que les decrets de Dieu ne font pas des loix faites à plaifir, mais des vérités éternelles qui enveloppent une néceffité inévitable. Il ajoute qu'il eft auffi néceffaire que

ce qui eſt preſcrit par les loix, arrive, qu'il l'eſt qu'un triangle ait
trois angles ; & qu'ainſi les Commandemens de Dieu ne ſont une
loi pour nous que quand nous n'en
ſçavons pas la cauſe. Ainſi la Foi,
les Commandemens, l'obéiſſance &
les priéres ne ſont point pour les
habiles gens, mais, comme il le dit,
pour *les eſprits groſſiers & ſtupides,*
qui ont beſoin de ces miſérables ſecours
pour s'exciter à la vertu.

De ce que par l'Ecriture & la
Foi Dieu ne demande que l'obéiſſance, Spinoſa croit prouver que
le culte extérieur n'eſt point agréa-
ble à Dieu par lui-même ; qu'il importe peu de quel culte extérieur
on ſe ſerve. Qu'on ne peut avoir ſur
tout cela des ſentimens qui offen-
ſent la Divinité, & que les Ma-

giftrats ne doivent agréer pourvû qu'ils n'éloignent pas de l'exercice de la vertu & de l'obéiffance. Que les cérémonies, celles mêmes du nouveau Teftament, n'importent point à la béatitude, & n'ont été inftituées que comme des fignes de l'Eglife univerfelle, & que celui qui mene une vie folitaire n'y eft point affujetti. Ce font fes propres termes.

Spinofa va plus loin encore. Car il prétend que c'eft aux Magiftrats à déterminer la forme du culte extérieur. Qu'ils doivent laiffer les Citoyens penfer comme ils voudront de Dieu & de la Religion. Qu'en un mot les Citoyens peuvent fe conduire felon ces fentimens, pourvû qu'ils ne perdent point de vûe l'exercice de la vertu & de

l'obéiffance. Ainfi prenons Dieu
pour tout ce qu'il nous plaîra, pour
le Feu, pour le Soleil, pour une
Planette, pour une Tête, pour une
Plante, pour une Pierre. Imaginons-
nous, fi nous le jugeons à propos,
que ce Dieu fe transforme de Pierre
en Plante, de Plante en Bête, de
Bête en Planette, de Planette en
Feu, en Soleil ; rendons nos hommages aux crapaux, aux grenouil-
les ; établiffons notre culte dans telle
pofture, dans telle grimace qui nous
viendra dans l'idée ; faifons-le con-
fifter à voltiger, à danfer fur la
corde, à jouer des gobelets, dans
les actions les plus infâmes & les
plus honteufes; mais gardons l'obéiffance & l'exercice de la vertu de Spinofa, c'eft-à-dire, travaillons forte-
ment à notre confervation & à notre

bien être, à la défenfe de nos in-
rêts, nous ne pourrons manquer
d'être faints, purs, agréables au
Dieu de Spinofa.

L'ignorance & les plus épaiffes
ténébres ont-elles jamais rien enfanté de femblable à ce phantôme
de religion ? Spinofa qui fe croyoit
feul Philofophe, a-t-il pû fe pré-
cipiter dans un tel abîme d'abfurdi-
tés ? O homme, quel es-tu quand
tu t'abandonnes à tes paffions, à
tes propres lumieres !

Adieu, mon cher ....

LETTRE XXII.

Réfutation abrégée du Systéme de Spinosa.

MON CHER.....

Ce Systéme, comme je crois te l'avoir dit dans ma Lettre précédente, est appuyé sur ces mots *Subſtance*, *Attributs*, *Mode*, *Dieu & Infini*, que Spinoſa explique & définit conformément à ſes deſſeins, pour conclurre de ſes définitions qu'il n'y a qu'une ſubſtance univerſelle qui renferme en ſoi tous les êtres; ou plutôt d'où tous les êtres, modifications de ſon eſſence, coulent & émanent comme d'un principe qui les produit & les conſerve par la néceſſité

de fa nature, fans qu'il foit libre à
cette fubftance de ne les pas produire. Avant d'entrer dans le détail
de ce Syftême, il me paroît à propos de te donner une idée des définitions de Spinofa fur ces termes.
Je te difpoferai mieux à m'entendre, en te faifant voir d'abord combien ce Philofophe s'entend peu
lui-même. » J'entens par fubftance,
» dit Spinofa, ce qui eft en foi,
» ce qui eft conçu par foi-même ;
» c'eft-à-dire, ce dont l'idée n'a pas
» befoin pour être formée, de l'idée
» d'une autre chofe. » Cette définition devroit être jufte & claire,
puifque la connoiffance du principe
fondamental dépend d'elle. Mais
quand je jette les yeux fur toutes
celles que les meilleurs Philofophes
ont faites fur ce fujet, je tremble

qu'elle ne vaille pas mieux que les
dernieres. En effet, il n'y en a pas
une qui satisfasse. Les Scolastiques
disent que la substance est *ce qui est*
en soi, *ce qui subsiste par soi-même.*
Descartes, *ce qui peut être conçu in-*
dépendamment de toute autre chose.
Malbranche, *ce à quoi on peut penser*
sans penser à autre chose. Leibnitz,
ce qui a en soi le principe de ses chan-
gemens. Tous ces mots *ce qui*, *ce à*
quoi, marquent merveilleusement
l'embarras où ceux qui les em-
ployent, font d'expliquer une chose
qu'ils ne conçoivent point. Se sert-
on jamais de ces façons de parler
que pour des objets qu'on ne connoît pas ? Si l'on avoit quelqu'idée
de cette substance, l'indiqueroit-on
d'une maniere si vague ?

Descartes croyoit apparemment

connoître la subftance quand il l'a
définie; mais il convient du contraire
dans fa réponfe aux quatre objec-
tions. Il y dit formellement que «parce
»que nous appercevons quelques for-
» mes ou attributs qui doivent être
»adhérens à quelque chofe pour exif-
» ter, nous appellons *fubftance* cette
» chofe à laquelle ils font attachés.
» Nous pourrions encore parler de
» la fubftance après l'avoir dépouil-
» lée de fes attributs. Mais ayant
» détruit par-là toute la connoif-
» fance que nous en avons, nous ne
» conceverions plus la fignification
» de nos paroles.» Si tous les Philofophes vouloient parler franchement,
ils conviendroient de même de leur
ignorance fur ce point.

Loin donc que la fubftance fe
conçoive par elle-même, elle ne fe

conçoit en aucune maniere, & la notion vague qu'on veut s'en faire, n'a pû être formée, qu'on n'ait auparavant connu les attributs, ou qualités dont nous la regardons tout au plus comme la base & le soutien. Ainsi Spinosa n'a point donné d'idée juste de ce qu'il entend par substance. Que deviennent donc ses prétendues démonstrations?

» J'entens par attribut, dit le mê-» me Auteur, ce que l'entendement » se représente comme constituant » l'essence de la substance. »

Mais il dit ailleurs (*a*) que l'at-tribut est *tout ce qui est conçû en soi* » *& par soi*, en sorte que l'idée » qu'on en a ne renferme pas l'idée » d'une autre chose. L'étendue, par exemple, est conçue par elle-même

(*a*) Lettre 2e des Oeuv. post. pag. 397.

« & en elle-même , mais non pas le
« mouvement qui est conçu dans un
« autre „ & dont l'idée renferme
« celle de l'étendue » Ainsi point
de différence entre l'attribut & la
substance. Spinosa en convient dans
un autre endroit , (a) & dit que l'attribut n'est différent que dans notre
entendement qui prête une certaine
nature à la substance. Il en faut dire,
autant de l'essence , car il dit encore
(b) qu'elle ne diffère de la substance qu'en ce que l'entendement prend
l'essence pour le sujet de la substance,
dans lequel elle ne peut ni exister ni
être conçue. Ainsi quoiqu'on n'ait
aucune idée de ces mots , *Substance* ,
Essence , *Attribut* , on ne laisse pas
de les définir diversement pour les

(a) Lettre 1e. pag. 183
(b) II. Par. def. 2. p. 40.

diſtinguer ; mais quand on les peut tous prendre pour la même choſe, on ne les diſtingue plus. J'ai dit que nous ne comprenions point ce qu'on entend par ſubſtance. Spinoſa convient qu'elle eſt confondue, & une avec l'eſſence & l'attribut ; il n'a donc aucune idée de ces trois mots.

» J'entens par mode, c'eſt toujours » Spinoſa qui parle, les affections » d'une ſubſtance, ou ce qui eſt » dans un autre par lequel il eſt con- » çu. »

Je demande à Spinoſa s'il conçoit naturellement, & ſans l'effort de l'imagination, une renommée dans un bloc de marbre brut, une maiſon dans une carriere, une bataille dans un amas confus de couleurs différentes ? Cela, je penſe, lui eſt auſſi impoſſible qu'à moi & à tout autre

Mais qu'il jette les yeux sur le Lou-
vre, sur les Statues du Pont-tour-
nant, sur les guerres de Louis XIV.
peintes par le Brun, ses yeux lui
découvrant ici des parties combi-
nées, comme elles le doivent être
dans un édifice ; là des personnages
dessinés, colorés & représentés dans
la mêlée ; plus loin les apparences
d'un cheval aîlé , & d'une femme
embouchant une trompette, la vûe
de ces objets lui donnera, à coup
sûr, l'idée d'un Palais . d'une Renommée & d'une Bataille. Ce n'est
donc pas ce sur quoi le mode s'as-
seoit, pour ainsi dire , qui le fait
connoître , mais le mode qui donne
l'idée du sujet auquel il est uni. J'en
donnerai pour dernier exemple celui
que Spinosa vient de citer lui-même dans la définition précédente.

Le mouvement se conçoit dans l'étendue, mais est-ce au moyen de l'étendue ? Non : puisque l'idée du mouvement renferme celle de l'étendue. Qui dit mouvement, dit donc plus qu'étendue; ce n'est donc pas l'étendue qui donne l'idée du mouvement & le fait concevoir.

»J'entens, dit-il enfin , par Dieu, un
» Etre absolument infini, c'est-à-dire,
» une substance qui renferme une
» infinité d'attributs , dont chacun
» exprime une essence éternelle &
» infinie. Je dis absolument infini ,
» & non pas dans son genre, car
» on peut nier une infinité d'attri-
» buts de tout ce qui n'est infini
» qu'en son genre. Mais quand une
» chose est absolument infinie , tout
» ce qui exprime une essence appar-
»tient à la sienne , & on n'en peut
» rien nier. »   *Tu*

Tu vois que le Dieu de Spinofa n'eft abfolument infini que pour qu'on n'en puiffe rien nier & tout affirmer. Entrons dans le détail de la réfutation des erreurs de ce Philofophe.

Je penfe, donc je fuis : je ne fuis pas le feul qui penfe, j'en vois plufieurs qui me font connoître leurs penfées, comme je leur fais connoître la mienne. Je trouve que tous les objets qui m'environnent, ou font comme ceux-ci, & penfent comme moi, ou n'ont de commun avec nous que le fentiment, qui eft peut-être accompagné de penfée, ce que je ne puis que conjecturer, leur expreffion ne m'étant pas entierement intelligible ; ou ne paroiffent avoir ni fentiment ni penfée, mais une étendue folide. Je connois encore que

II. Partie.   O

cette derniere efpece d'êtres eft plus
générale que les autres, non feulement parce que tous les corps font
étendus, mais parce que ceux qui
n'en font diftingués que par le fentiment & la penfée, perdent l'une
& l'autre après une courte durée,
& rentrent dans la claffe des corps
fimplement étendus. Il y a donc
dans les êtres de la premiere efpéce
quelque chofe de différent que l'étendue, c'eft-à-dire, le principe du fentiment & de la penfée. Je ne fuis
donc pas fimple, mais compofé d'un
principe penfant & de l'étendue. Ces
deux êtres font diftingués l'un de
l'autre, puifque non feulement on les
conçoit l'un fans l'autre, mais même
avec exclufion l'un de l'autre,
comme il arrive dans les êtres de la
troifiéme claffe. Ces deux principes

dont je fuis compofé ne font donc pas des manieres d'être l'un de l'autre. Ils ne peuvent non plus être des modifications d'une même fubftance, car l'être infini, l'étant en tout fens, ne peut avoir ni maniere précife d'être, ni modification. Car qui dit infini modifié, dit infini & fini, la modification n'étant par elle-même qu'une borne de l'être. Donc tout être modifié eft fini, & n'eft point par foi, mais eft réellement diftingué de l'être effentiellement immodifié ; donc l'être créé ne peut être modification de l'être infini. D'ailleurs qui dit modification d'un même être, dit quelque chofe qui eft effentiellement relatif à cet être même, en forte que vous ne pouvez avoir l'idée d'un mode qu'avec celle de la fubftance modifiée, ni concevoir un mode fans concevoir tous ceux qui émanent comme lui de la fubftance modifiée. C'eft ainfi que je ne puis avoir l'idée de la figure fans celle de l'étendue, du mouvement & de la divifibilité fans celle de l'étendue & de la figure qui la borne. De même fi les fubftances finies n'étoient que des modifications de l'être infini, on ne pourroit en concevoir aucune fans renfermer dans la même idée celle de l'être infini. Par exemple, je ne pourrois penfer à une fourmi fans concevoir actuellement toute l'effence divine. Je ne pourrois même concevoir une créature fans comprendre les autres dans la même idée; de même que je ne puis concevoir la volonté de l'être penfant, fans concevoir fon intelligence:

donc les créatures ne font pas des modifications d'une même fubftance; donc elles font de vraies fubftances; donc il y a plufieurs fubftances dans l'Univers.

Mon fentiment me convainc de mon exiftence, mais je ne puis répondre un inftant de la durée de mon être. Je ne me le fuis donc pas donné moi-même, puifque je ne puis le conferver. L'auteur de mon être eft donc plus puiffant que moi ? Mais puifque je fuis compofé de fubftances, je ne dois pas douter que mon Auteur ne le foit auffi. Il y a donc au moins trois fubftances dans la nature; celle de l'être penfant, celle de l'être étendue, & celle du créateur de l'une & de l'autre.

Compofé que je fuis des deux premieres, l'auteur de mon être a dû former cette union, & doit encore à tous momens entretenir une correſpondance mutuelle entr'elles: mais pour cela il faut rapprocher des êtres qui ſont incompatibles, ſurmonter l'oppoſition de leurs natures, & allier des ſubſtances naturellement inalliables. Quelle puiſſance cela ne demande-t-il pas? Il s'agit encore d'établir des loix pour leur union, tant qu'elle dure; il faut donc connoître & prévoir tous les changemens qui arrivent à ces deux êtres pendant ce tems. Quelle intelligence, quelle ſageſſe, quelle liberté ! *Une nature aveugle & eſclave de la néceſſité* en eſt-elle capable? Enfin il eſt queſtion d'opérer & de régler depuis la création de ce monde, tous les changemens qui ſont arrivés à ces deux êtres, dans tous les hommes & dans tous les lieux, & toutes les diverfes impreffions dont ils ont été fufceptibles. Quelle immenfité, quelle fupériorité au-deffus de ces deux principes, ne faut-il pas ! Les trouvera-t-on dans le *hafard* ou dans un *enchaînement de caufes néceffaires ?*

L'auteur de mon être eft donc infini, fage, libre, infiniment puif-fant. Ainfi cette propofition, je fuis, donc il y a un être infiniment puif-fant, fage, libre, &c. n'eft pas moins évidente que celle-ci: Je penfe, donc je fuis. D'ailleurs il n'y a pas une de mes facultés intellectuelles, pas un organe, pas une partie de mon corps, qui ne me difent qu'il n'y a nul être femblable à mon Dieu, & qu'il eft infiniment parfait ; Spinofa en convient lui-même. Mais fi Dieu

O iiij

a des perfections infinies , il se suffit à lui-même , il n'est donc déterminé dans ses actions par aucune cause étrangere , c'est donc avec une vraie liberté d'indifférence qu'il agit. L'être infiniment parfait est sage & libre , comme je viens de le dire , il ne fait donc que ce qu'il lui plaît , & comme il lui plaît. La production des êtres ne lui échappe donc pas malgré lui : il est donc maître des loix de la nature , & il peut y faire des exceptions quand bon lui semble. Il peut donc faire des miracles , donc les miracles ne renversent point l'essence Divine. Il y a donc une providence fondée sur des loix parfaitement libres ?

L'être infiniment sage & libre ne peut agir sans se proposer une fin. Cette fin ne peut être que lui-mê-

me. Une autre lui feroit fupérieure,
ce qui ne fe peut, puifqu'il n'y a rien
au - deffus de Dieu ; ou inférieure,
ce qui fe peut encore moins, puifqu'il
fe propoferoit quelque chnfe d'im-
parfait. Dieu ne m'a donc fait que
pour lui, c'eft-à-dire, pour le connoître & l'aimer, puifque la meilleure partie de moi-même eft capable de connoiffance & d'amour.
Ma création m'impofe donc ces
deux devoirs à titre de foumiffion
& de reconnoiffance ? Il eft donc
faux que *je fois fans devoirs & fans
loi*, comme le foutient Spinofa.,
faux que *la raifon ni la nature ne m'ap-
prennent point à obéir à Dieu ; que
l'obéiffance ne foit que pour les ftupi-
des, & non pour les efprits éclairés ;
enfin que je puiffe hair Dieu fans
péché.*

Dieu ne m'ayant fait que pour le connoître & l'aimer, ne doit faire confister fon culte & la vraie Religion que dans ces deux points. Ainfi il eft faux qu'il foit indifférent, quels fentimens l'on a de Dieu, de la Religion & de fon culte; & auffi faux que ces fentimens, quels qu'ils foient, ne puiffent être qu'agréables à Dieu, & agréés & permis des Magiftrats.

Si Dieu m'a prefcrit des devoirs, je dois être libre de les obferver. Un Dieu ne doit point donner à des êtres néceffaires des ordres qu'ils ne peuvent s'empêcher de fuivre; & il feroit indigne d'une fageffe infirie de ne créer l'homme que pour en être aimé d'un amour aveugle & involontaire.

Dieu ne m'a fait des loix que

pour être obfervées ; il ne peut donc me laiffer fans récompenfe fi je les obferve , ni fans châtiment fi je les néglige. Ce n'eft donc point *un abus de regarder Dieu comme un Législateur* qui fait fuivre fes commandemens par la vûe des menaces & des promeffes. L'homme étant capable d'obferver ou de violer ces commandemens , il eft par-là même capable de juftice ou d'injuftice , de louange ou de blâme , de mérite ou de démérite. Il y a donc du jufte, de l'injufte , de l'ordre & du défordre , du bien & du mal moral, ou du péché , *indépendemment du caprice des hommes.*

Le droit naturel ne s'étend donc pas auffi loin que nos forces; il ne permet donc pas tout ce qu'on defire & tout ce qu'on peut ? Il eft donc faux qu'il

n'interdife ni la difcorde ni la haine,
ni la colere, &c. Le droit Divin n'a
donc pas commencé par le tranfport
que nous avons fait de notre droit
naturel entre les mains de Dieu,
puifque nous fommes obligés de le
connoître & de l'aimer dès l'inftant
de notre naiffance. Avant ce tranfport chimérique nous ne pouvions
donc fans péché haïr Dieu & le pro-
chain. Enfin fi l'homme eft obligé
d'aimer & de connoître Dieu, il eft
faux qu'on n'ait autre chofe à faire
qu'à s'abandonner à fes paffions.

Quant à ce que Spinofa dit que
l'ame périt totalement dans les ftu-
pides, & fubfifte en partie dans les
Philofophes après la fortie de cette
vie ; ce que nous avons dit de la fageffe, de la perfeftion infinie de
Dieu, de l'obligation où notre créa-

tion nous met de l'aimer, cette opinion tombe d'elle-même, & ne mérite pas qu'on l'attaque particulièrement.

Adieu, mon cher.....

F I N.